U0604979

我不会
给你写信

庞婕蕾 著

浙江教育出版社·杭州

图书在版编目（CIP）数据

我不会给你写信 / 庞婕蕾著 . — 杭州：浙江教育
出版社，2020.7
ISBN 978-7-5722-0151-6

Ⅰ . ①我… Ⅱ . ①庞… Ⅲ . ①长篇小说—中国—当代
Ⅳ . ① I247.5

中国版本图书馆 CIP 数据核字（2020）第 062598 号

责任编辑 赵露丹　　　　**美术编辑** 曾国兴
责任校对 董安涛　　　　**责任印务** 陆　江
产品经理 李坤阳　　　　**特约编辑** 孙恩枫

我不会给你写信
WO BUHUI GEINI XIEXIN

庞婕蕾　著

出版发行　浙江教育出版社
　　　　　（杭州市天目山路 40 号　邮编：310013）
印　　刷　嘉业印刷（天津）有限公司
开　　本　880mm×1230mm　1/32
成品尺寸　145mm×210mm
印　　张　6.5
字　　数　130000
版　　次　2020 年 7 月第 1 版
印　　次　2020 年 7 月第 1 次印刷
标准书号　978-7-5722-0151-6
定　　价　29.80 元

网址：www.zjeph.com

目 录

写在前面

亲爱的你：

我听到好听的歌，想分享给你。

我读到喜欢的诗，想念给你听。

我走在马路上，因一阵花香、一片落叶而驻足，感动，生出一些在别人看来有些矫情的想法，只想告诉你一个人。

我坐在咖啡馆里，看着雨水敲打玻璃窗，脑海里闪过些并不成熟的念头，想与你交流。

我心里住着一群男孩女孩，他们有着真挚的情感、闪亮的眼眸，我想把他们的故事说给你听。

……

可是我不知道你在哪里，不知道该把信寄往哪里。

于是，我只好坐在书桌前，把这些想要告诉你的、想要与你分享的，统统写进这个故事里。

我写得很认真，每个字都从我的心尖儿走过，有好几回，我眼眶都湿润了。

这是一封很长很长的信，我委托出版社，把它寄了出去。

我不知道谁会收到。

我忐忑又期待。

世界那么大，这封信和写信的人都如此渺小。

可是我好高兴，你，把它拆开了。

你是在书店里，还是在图书馆，或是在家里阅读这封信的呢？

如果你读完以后觉得有点儿喜欢，我想问问：

你，会给我写信吗？

你知道我是谁

第 01 章

你就是曾思羽？

不可能无话可说：

我们拥有太多共同的话题。

同一颗星球使我们彼此联系在一起。

我们投下影子，依据同样的定律。

我们试着理解事物，以我们自己的方式。

那些并不知晓的事物，使我们更为亲近。

——辛波斯卡《植物的静默》

"饭圈"女孩

曾思羽万万没有想到，自己竟也会有这么一天。饿着肚子猫在这幢别墅外面，等了足足两个小时，只为了见最近"粉"上的邓伦一面。

就在一个月前，她还很唾弃"饭圈"女孩的这种不理智行为。为了偶像，什么事儿都做得出来，比如在网上疯狂地给偶像刷话题提升流量，新歌一出来就买上几十、几百份为其打榜，穿越大半个城市去机场接机，省下一个月早餐钱买同款卫衣，把成名之路倒背如流地作为励志素材写进作文里……

"她们的脑回路大概与我不一样。"曾思羽只能这样解释。

在崇平实验中学，这样的"饭圈"女孩不计其数，以偶像名字划分为无数个小团体，比如"朱一龙"战队、"杨洋"小组、"许凯"家族、"火箭女孩"实验室、"王一博"自然角，等等。她们为了扩大战队，常不遗余力地向别人"安利"自己的"爱豆"，曾思羽就遇到过一回。在社团巡展的时候，她走马观花地走在各展板前，突然被一个戴着牙套的学妹拉住，向她推荐易烊千玺。"你知道他名字的含义吗？他出生于湖南，'烊'在湖南怀化是'欢迎'的意思；'千禧'嘛，就是他出生于2000年千禧年，他5岁学舞蹈并参加综艺节目……"还有一回，是一个比她高了一头的隔壁班女生。运动会上，她们一起参加800米赛跑，曾思羽一圈下来就觉得肚子岔气了，疼得她很想退出比赛，可是看到场外啦啦队正卖力地给她加油助威，只好咬牙坚持着。那个女生经过她身边时，喘着粗气说："当你觉得自己精疲力竭再也跑不动时，不妨喊一声偶像的名字，马上就会重燃斗志，要不试试看？你喊，吴磊、吴磊！"那个女生没撒谎，她大喊几声"吴磊"后，果然又有了力气，"嗖嗖嗖"地超过了曾思羽。

"安利"的方式多种多样，但曾思羽从来没动心过。

直到一个月前的那次长途旅行。爸爸带她和妈妈去云南自驾游，山路漫漫，一天中至少有五个小时在车上，在对沿途的山川、牛羊从最初的兴致盎然到习以为常之后，她和妈妈拿出平板电脑，一起追上了前两年火爆荧屏的《香蜜沉沉烬如霜》，本来只是为了打发旅途的无聊，却没想到，曾思羽就此掉进了邓伦的坑，陷得还很深。曾思羽已经无法说清她是因为剧里那个单纯痴情的凤凰才喜欢上邓伦的，还是因为邓伦细腻的表演让凤凰这个角色常驻她心中。总之，她沦陷了！

"你为什么不喜欢罗云熙？"妈妈知道她喜欢邓伦后问她，"你不觉得罗云熙饰演的润玉自带仙气，是典型的翩翩公子样吗？小羽，你考虑一下，和妈妈一起喜欢罗云熙嘛。这样我们就有更多的共同话题了。"

"不不不，我就是喜欢钢铁直男凤凰。"曾思羽不假思索地否决了妈妈的提议。

一路上，她们为了各自喜欢的角色争辩不休，连爸爸都不得不出来调停："好啦，我辛辛苦苦开车带你们出来玩，你们把心思都花在不相干的两个男人身上，有没有考虑过我的感受？我的心很痛，好不好？"

爸爸说"心很痛"的时候借鉴了偶像剧里男主人公惯常用的音调，正在喝水的曾思羽听了差点儿将一口水喷出来。

"爸，别担心，我妈对男明星的爱通常也就三分钟热度，今天喜欢这个，明天喜欢那个，你才是她心目中永远的男神，一生挚爱。"曾思羽宽慰爸爸。

"这话我爱听。"爸爸颇为满意，重整旗鼓，车子向着100公里以外的目的地进发。

在他们家，"喜欢"和"爱"是可以常常挂在嘴上的。爸爸妈妈结婚这么多年，感情笃厚，也源于此吧。爸爸每次犯傻的时候，妈妈先数落他一顿，眼见他不开心了，妈妈又赶紧安抚："但我就是喜欢你傻乎乎的样子。"妈妈是路盲，每次迷路了，向爸爸求助，爸爸都忍不住说她："你得学会看地图呀，东南西北标注得一清二楚。""我看不懂呀。"妈妈委屈得眼泪都快掉下来了，"你对我这么大声说话，你不喜欢我了吧。"爸爸之前的着急上火瞬间化作柔情蜜意："不不不，你还别说，我就是喜欢你有求于我的样子。"

在他们家，有喜欢的明星也是可以大大方方说出来的。妈妈每看一部剧，就喜欢一个男明星，见一个忘一个，也没见她对谁长情。有时，她也会向曾思羽"安利"："小羽，你看他怎么样？特别像妈妈读书时候的校草，这一款在你们学校能排上号吗？"爸爸不禁忧心忡忡："你鼓励女儿追星，这样不太好吧？其他家长堵都来不及呢。"

"我们不都是这么长大的吗？有喜欢的偶像，学习他们身上的优点，让自己变得更优秀，多励志！"妈妈拍拍爸爸的脸蛋，"相信我们的女儿，她有分寸。"

"好吧，你们女生的世界，我是不太懂。"爸爸耸耸肩。

"而且，喜欢明星总比喜欢身边的人好啊，明星远在天边，够也够不着，反倒好。"妈妈凑在爸爸耳边轻声说。

妈妈没打算防着曾思羽，她其实是故意说给曾思羽听的吧。

进入中学后，家长们如临大敌，除了要应付人生第一场大战——中考，还要面对不可预测、不可控的青春期"中二病"。在成为合格家长的道路上，妈妈从来没有停止前行的脚步，她去各大图书馆报名参加了数场心理学专家关于"家有青春期孩子，家长如何应对"之类的讲座，据说收获颇丰，学到了一二三四……多条与"中二"少年斗智斗勇的技巧。

也许，鼓励孩子追星也是其中之一？

烟幕弹

　　从云南回来后，曾思羽开始疯狂收集邓伦的一切消息，关注他的微博，在网上搜他在综艺节目中的片段，反反复复听他在《跨界歌手》里唱的歌，在电梯里、公交站台、地铁里看到邓伦的广告宣传海报，她都会停留几秒钟，在心里默默地与画面中的邓伦打招呼——

　　"嗨，又见面了。我是第一次来这里，你呢？"

　　"我这里狂风暴雨，你那里天气还好吗？"

　　"我今天考试进步了两名，我好高兴，你最近拍戏还顺利吗？"

　　……

　　是不是矫情得要命？可曾思羽乐此不疲地沉沦在这

种"矫情"中无法自拔。

如果有一天，邓伦真的出现在她面前，她是否还有勇气与他打招呼呢？

要想知道答案，得先见上一面啊。

就在昨天，吃晚饭前，被允许使用手机的那会儿时间里，曾思羽在网上刷到有人爆料说，邓伦的剧组明天要出外景，地址正好是她们学校附近的那幢小别墅。

那幢小别墅曾思羽知道，就在学校大门左转弯 100 米的地方，爸爸说那是一幢超过 100 年历史的英式洋房，三层楼，尖顶，院子里有块草坪，还有池塘、凉亭。他有一次经过，恰逢里面有人走出来，大门开了两分钟，他借此机会好好打量了一番。但门口没有挂"历史保护建筑"的铜牌，因而不知它的前世今生。这里前些年一直铁门紧锁，神秘得很，最近一年倒是人来人往，多半是借给剧组取景。每到这时，总有嗅觉灵敏的粉丝从四面八方赶来，守候在别墅门外。不吵闹，不喧哗，不给偶像招黑，做有素质的粉丝。她们安安静静地等待，一杯奶茶、一个三明治是标配，一等就是几个小时，想要的只是等偶像工作结束后从里面坐车出来时，她们可以用积蓄已久的力量大声喊出："某某，加油！我们永远支持你！"偶像听到了，缓缓摇下车窗，探出头，冲她们挥挥手。即使拍了一天的戏，倦意已浓，也要面带微笑。哇，偶像冲她们笑了，她们捂嘴，喜极而泣。为这短短的几秒钟，一切的等待都是值得的。

一个月前让曾思羽嗤之以鼻的事，她此刻正在做。

她在附近的便利店买了一个蛋黄肉松饭团、一瓶橙汁，霸占公交车站台上的椅子已经两个小时了。113、87、960、524，一辆辆公交车停下、驶离，站台上的人来了走，走了来，已经换过无数拨了，不变的只有曾思羽。

这两个小时她并没浪费，英语老师布置的英语听力她已经听完了，语文老师要求背的文言文也背得八九不离十了，要写的一篇作文她已经构思得七七八八了，回家直接动笔就好了。

天色越来越暗，路灯亮了起来，铁门外聚集了越来越多漂亮的小姐姐，她们大多穿着白色 T 恤、牛仔短裤或者阔腿裤，头戴鸭舌帽或者宽边草帽，用橘色的眼影、大红的口红、圆形的金丝眼镜来武装自己。像曾思羽这样穿着校服、素面朝天、灰头土脸的并不多见。

"这样或许更好，邓伦能在人群中一眼认出我，知道我今年上初三，说不定还会为我明年的中考加油呢。"曾思羽在心底暗暗思量着。

那扇紧闭的铁门猝不及防地开了，等候已久的小姐姐们一拥而上，曾思羽忙不迭地把摊在腿上的课本收进书包，拉链都来不及拉上，跌跌撞撞地加入了人群。

完了完了，前面都是黑压压的人头，邓伦出来了也看不见我啊，曾思羽急得扒拉着人群，拼命想挤到前面，但小姐姐们也不是吃素的，愣是把缝隙给合上了，一点儿可乘之机都没给曾思羽留。

"好啦，大家都散了吧，今天没有邓伦的戏，他的戏昨天就已经拍完了，大家撤吧，注意安全。"有个工作人员拿了个大喇叭维持秩序，"大家让一让，车子要开出来了，小心。"

没有邓伦？不会吧？网上说他今天在这里拍戏，难道放的是烟幕弹？

小姐姐们顿时蔫了，尽管失望透顶，但她们还是迅速让出了一条道，让院子里两辆黑色别克商务车开出来，

后排座位上的人把车窗摇下："邓伦真的没在这儿。"

人群一阵哀号，然后慢慢散去。

窄窄的马路又恢复了往日的宁静。

曾思羽揉了揉有点儿发麻的腿，给妈妈打了个电话："没看到邓伦，我现在就回来。"

"路上注意安全。"妈妈关照她。

常听同学们抱怨，同一个世界，同一款爸妈。爸妈是唠叨、烦人的代名词，但曾思羽不敢苟同，她拥有全球限量只此一款的妈妈。进入初三，这么关键的时期，知道女儿要去拍摄地苦苦守候自己的偶像，妈妈居然没有对她一顿劈头盖脸地骂，而是一脸八卦："你看看他真人和电视里比起来，哪个更帅。"

曾思羽的心思，妈妈何尝不清楚？阻挠她，反而让她牵肠挂肚，更没心思写作业。

这不，没等着，也就死心了。这样的事做一次就够了。

曾思羽把手机放回了书包，朝地铁站走去。

"同学，这是你掉的书吧？"突然，有个人追了上来，轻轻拉住了她的书包肩带。

书？曾思羽回头，一眼就看到那本已经被踩了几个脚印的语文书，没错，是她的，她在书皮上贴了一个夸张的爱心形状的姓名贴。

"啊，谢谢！"她接了过来，放进了书包，拉好拉链。

刚才走得太急，居然书掉了都没发现，还好遇到好心人，要不然今晚回家没法复习，明天的默写可就惨了。

"你就是曾思羽？"

如果是邓伦这么问，曾思羽大概会心脏骤停，但显然对方不是。她的心脏依然非常规律地跳动着，不疾不徐。

眼前这个男生，和她穿着同款校服，比她高了大半个头，戴着一副眼镜。他目光羞涩却直接，在把书还给她以后，盯着她的眼睛，问："你就是曾思羽？"

无名之辈

中文博大精深，这个"就"字蕴含的意思可大了。

按照曾思羽的理解，通常被问"你就是某某"的人应该都小有名气，他一定有过人之处，让人仰慕已久，这才在遇见时会又惊又喜地加个"就"。

但曾思羽显然不是这样的人，尤其是在崇平实验中学，曾思羽妥妥的是个无名之辈。这所中学在方圆 10 公里之内赫赫有名，除了它的升学率一枝独秀，更因为它的"大"，它简直就是一艘承载了太多家庭希望的航空母舰。一个年级有 20 个班，一个班 46 个人（1 班特殊，只有 30 个人），光一个年级就有 900 多人。要想在这 900 多人当中翻出一些水花，那必得有过人之处，要么长相、要么成绩、要么特长、要么家境等等。要不然谁能认得你？偏偏曾思羽哪样都不占。中等身材，中等样貌，扔在人堆里连亲妈都难以一眼认出的那种。成绩就更别说了，从小就没拔尖过，因为幼时体弱多病，病历用掉了一本又一本，让爹妈早早放弃了望女成凤的念头，只求她身体健康，平安长大。还好她天资不差，智商过关，即使不刷题，不报补习班，成绩也能保持在中上水平，爹妈也知足了。特长更没有什么可以展示的，人家随手就能甩出一沓考级证书、获奖证书，她呢？她花费了许多时间在电影、阅读、摄影上，一张证书都没有，充其量这些算业余爱好。

所以，曾思羽百思不得其解，这样的自己，怎么会让眼前这个男生这样问？

"你认识我？"曾思羽用手点了点自己的鼻子。

"啊！"他张大了嘴，想说什么，又没说出来。

这一口气喘的，让曾思羽着实难受。是就是，不是就不是，一个"啊"又是几个意思？

"那个……刚才，我看到了你书上的姓名贴，你的字写得真好看，曾思羽。"看着曾思羽的问号脸，他赶忙解释，"我叫姚远，和你一样，今年上初三。"

"我想呢，我有这么出名吗，怎么我自己都不知道？"曾思羽笑了，心底的疑惑解开了，"你这个'就'字用得不太恰当哦。"

"我，语文不太好。"他也笑了，边笑边挠了挠自己的头。

好吧，原谅他了。在初三的900多人里，像他这样用词不当、一上语文课就大脑停止运行的男生不在少数。比如，曾有成绩平平的男生大言不惭地说自己是整个年级的"中流砥柱"，曾思羽一听，递给他一本《现代汉语词典》："麻烦查一下这个词的意思。"查完，他吐吐舌头："我一直以为这个词是用来形容中等生的，原来不是。"

很久以后，曾思羽才知道，这个叫姚远的男生在这一刻撒谎了。"曾思羽"这个名字，早在6月，那个金色的下午，就已进入他的视线。

"你坐几路公交车？"他问。

"哦，我不坐公交车，我坐地铁12号线，你呢？"曾思羽问。

"我也是，真巧。那，我们一起走吧。"他兴冲冲的。

在一起走到地铁站的路上，姚远问曾思羽怎么这么晚还没回家。曾思羽向他简单解释了一下缘由，他笑了："看不出来，你也是——"

"狂热的追星族？"曾思羽截住了他的话头，"只此一次。对了，你怎么这么晚放学？"

"被老师留下来做题，好累。"他长长地吐了口气。

被老师留堂？曾思羽扭头看了他一眼，难道他是传说中的E档学生？看起来的确是不太聪明的样子，但也没有很笨啊，怎么就沦为E档了？

在崇平实验中学，每次月考、期中考、期末考都会进行全年级大排名，把所有人按A、B、C、D、E五档划分。排在最后那20%的学生就被归为E档，别说考市重点、区重点了，就连上普通高中都够呛，为了学校的荣誉，各科老师会在放学后给他们开小灶补课，几年试验下来，效果显著。学校"不放弃任何一个学生"的理念深得人心，因此吸引更多的家长挤破脑袋把孩子送进来。

看着他一脸疲倦、被题目摧残得生无可恋的样子，中等生曾思羽此刻对这位姚远同学生出一丝同情心。

很快，地铁站到了，他们把书包扔上传送带进行安检，掏出交通卡过了闸机。

"我往南京西路方向，你呢？"下自动扶梯时，曾思羽问。

"啊，我也是呢。这么巧。"他惊呼。

有什么好惊讶的，曾思羽每天都能在 12 号线上遇到无数个校友，大家穿一样的校服，脸上都是一副"我累了，别来烦我"的表情，地铁把他们运到这座城市的各个角落。难道，姚远在地铁上没遇到过同学？也对，他通常都被留下来补课，遇到同学的概率就大大降低了。

"你坐几站？"进了车厢，姚远让了一个环形扶手给她，问。

"四站，你呢？"

"在你后面下。"他笑了，"你家离得不算远。"

"那是，我妈算过距离，离家超过三公里的学校一概不考虑。"曾思羽说完问他，"你为什么不在家附近上学？离家近早上可以多睡一会儿。"

"当时被特招进来，我妈也没多想。"他又笑了，用手推了推眼镜，那眼镜看起来不轻，他鼻梁上有一道红红的印子。

"特招？你是 12 班艺术班的？"曾思羽问完，喝起手中最后一点儿橙汁。他有什么特长呢？京剧？书法？还是打鼓？

"不是，我没有什么艺术天分，我是 1 班的。"他摇了摇头。

"什么？1 班？！"曾思羽嘴里的橙汁还没咽下去，一口喷在了姚远的鼻尖上。

"啊，对不起对不起。"

曾思羽为自己的失态连忙道歉，并从口袋里掏出一张皱巴巴的也不知道自己是不是擦过汗的纸巾递给姚远。

"没事。"他用手抹了一把脸，害羞地笑了。

曾思羽此时还没从"惊吓"中缓过来，眼前这个看起来愣头愣脑的男生居然是 1 班的学神？

第02章

中学生涯最大的意外

做一个世界的水手

奔赴所有的港口

就做一条船吧

一条飞快的抖擞的船

装满了丰富的词句

装满了欢乐

——沃尔特·惠特曼《欢乐之歌》

传说也好，八卦也罢

在崇平实验中学，1班是一个神奇的存在。提及1班，众人的反应通常是"闻风丧胆""瑟瑟发抖""甘拜下风""高山仰止"，诸如此类。

1班早前有个霸气十足的别称——尖刀班。如果是上战场，尖刀班的同学绝对可以直指敌人心脏，一击即中，立下赫赫战功。当然，崇平实验中学的尖刀班不需要上战场，他们上的是考场，在没有硝烟的考场比拼的是什么呢？当然是让人惊叹不已的考分以及百分之百的重点高中录取率。1班是学校的门面、招牌、希望，几乎所有和学科有关的荣誉都是1班创造的。

要想进入1班，普通级别的好学生、学霸，那是远远不够的，得是学神级别的。什么样的人是学神呢？就是当你还在为初一的数学题目绞尽脑汁时，人家已经在备战初三的全国数学竞赛了，而且竞赛完了，马上无缝衔接高中数学。当你还在背着初一的英语单词时，人家早已把中考词汇深深印刻在脑海里了，你看个没有字幕的英语动画片都要连蒙带猜时，人家听英文广播节目早已零压力。当你还在捧着漫画、口水小说打发时间的时候，他们已饱览古今中外经典的文学、哲学、历史、社会学著作，着手做课题研究了。尽管你们生活在同一空间，但思考的维度早已不在一个层面上。

最最令人气愤的是什么呢？他们中有些人上课不认真听，把耳机线藏在衬衫里，上课托着脑袋，把耳机线拉出来听歌，就这种学习态度，每次考试居然还名列前茅！气死太多认真听讲、及时完成作业却始终考不到年级前列的同学了！

因而，1班被全年级同学封为"学神"班，超越一切凡人。

姚远是1班30个学神之一？曾思羽很长一段时间都不敢相信。要知道，她从来没有和1班的人打过交道，不是不愿意，而是没有任何机会。

1班的同学是校宝级人物，享受全校最高待遇，比如教室在五楼——最高层，不被打扰，安静；出操时间是单独的，省下排队集合的时间；午餐不用去食堂排队，而是专人配送进教室，一出锅就给他们送去了，新鲜又热乎，好身体是好成绩的保障嘛。他们是被圈养起来的大熊猫，和其他班的交集少之又少，因而关于他们，有过许多未经证实的传说。

"听说了吗？1班的人都疯了！"蓝微琦带回一个重磅消息。

蓝微琦是班级文艺委员，亦是校文艺部部长，擅长美声、大提琴，交游甚广。学生会又是一个八卦中转站，每次开完会，她都能贩卖一些"路边社"消息。

"怎么了？有人在600号看到他们集体出现了？"有人问。

"600号"是个代号，市精神卫生疾病防控中心地处福广路600号，专收精神方面出了点儿问题的病人，因而但凡有人表现得异于常人，就会被建议"我劝你还是去600号看看吧"，这也是一句拐弯抹角骂人的话。

以曾思羽对蓝微琦的了解，她觉得蓝微琦在故弄玄虚。

果然，蓝微琦嘴角上扬呈一道弧线，露出一个狡黠的笑："他们什么时候正常过？估计连600号都治不了他们。"

这话就有点儿刻薄了，不过1班的人长期在学业上无情碾轧平行班，平行班的人情绪反弹得厉害也是可以理解的。

"蓝微琦，别卖关子了，快说出来让我们开心开心。"有人催促。

"好啦，我说，我说。他们疯狂刷题已经到了令人发指的地步，有人刷到凌晨1点，发了个朋友圈，结果得到许多同学点赞。有人把刷过的试卷放在体重秤上，得到一个惊人的数字，结果一发朋友圈，马上就被比下去了，没有最重，只有更重！他们在疯魔的道路上已经越走越远了，我们实难望其项背。"蓝微琦哀叹一声。

"然后道一声：走好，不送。"有人幽怨地补充了一句。

本想用别人的伤心事、糗事来给自己找点儿乐子的同学迅速散去，回到了自己的座位上。没想到，这样一个重磅八卦非但没给自己带来乐子，反倒是添堵了。

优秀的人都这么努力，那是不打算给普通人、平凡人留活路了吗？

"唉，世道艰难哪。"坐在曾思羽后面的李乐迪仰天长叹，"难道要逼得我们人人都成刷题狂魔吗？"

"李乐迪，你就别嚷嚷了，你高中不是要去加拿大了吗？"崔育涵经过他的座位，在他脑门上弹了个响指。

"在我没走之前，我感叹一下还不行吗？"李乐迪被弹得疼了，立马坐直了身子，托着下巴，做沉思状，"各位，你们说，我去了加拿大，有没有可能摇身一变成学霸？真要成了学霸，我这说话、做事风格是继续潇洒不羁呢，还是成熟稳重些好？"

见没人搭理他，李乐迪用食指扣响了曾思羽的肩胛骨："哎，曾思羽，你帮我出出主意。"

"我又没有当学霸的经验，指点不了你。要不，你去 1 班门口多转悠转悠，近墨者黑、近朱者赤，多少能得到一些熏陶。"曾思羽提点他。

"话是没错，但我一到 1 班门口就发怵，从小养成的坏毛病，靠近学霸，就浑身不适。曾思羽，你在 1 班有认识的人吗？说说看，都什么样？有什么特质是在短时间内能让我学会的？"李乐迪是铆上曾思羽了，一个问题接一个问题抛过来。

"不认识。"曾思羽爽快利落地回答。

"是哦，曾思羽，我就想嘛，你也没可能认识。"李乐迪讨了个没趣，继续趴在桌上养神，今天他被班主任禁足，因为昨天下雨，他在进校时和同学打闹，差点儿引发一连串追尾事件，正巧被教导主任看在眼里，得了一个口头警告。班主任便罚李乐迪禁足三天，养养性子。于是，他在教室里要么和女生聊聊八卦，要么就补觉，倒也过得逍遥自在。

李乐迪说得没错，在正常情况下，曾思羽怎么会认识 1 班的人呢？学校那么大，教室离得那么远，成绩差得那么多。但，没有等到邓伦的那个黄昏，突然出现了一个来自 1 班的姚远。那个姚远还像是故人般问她——"你就是曾思羽？"

这，算是中学生涯最大的一个意外吗？

仪式感

为了庆祝曾思羽顺利升入初三，在 9 月的第一个周末，妈妈安排了一次江浙短途游。

这有什么好庆祝的？初二结束，升入初三，不是理所当然的事吗？每个人都这样，又不是曾思羽费了九牛二虎之力得到的荣誉，也值得庆祝？

"生活需要点仪式感嘛。"这是妈妈的口头禅。

"老婆说的永远是对的。"这是爸爸的座右铭，对于不需要他动脑，只需要他刷卡的项目，他永远是无条件服从的。

所以，每年新学期开始，妈妈都会安排一次短途游，杭州、无锡、常州、南京、镇江、江阴、启东、南通、嘉兴……周边大大小小的城市都去过一遍之后，她开始深挖古镇游。同里、南浔、周庄、乌镇、朱家角、千灯、锦里等古镇都兜了一遍之后，这回，是去角直。

"我酒店订好了，是一座老宅子改建的，民国建筑，别有风味。"妈妈兴冲冲地向曾思羽邀功，"小羽，你一定会喜欢的。"

"我们同学从这个周末起都开始密集型补课了，两天都在外面上课，连午饭都是订了外卖送到补习机构里吃。"曾思羽袒露她的担忧，"妈妈，我这样算不算玩物丧志？"

"玩一个周末能耽误什么？再说了，你也别把上补习班想得太美好，很多小孩子在那里，没有父母的监管，上课神游，下课打游戏，我又不是不知道。"妈妈安抚曾思羽，"小羽，你把作业带上，认认真真完成，不就好了？"

妈妈总有把人说服的能力。

于是，便有了角直之行。

出发前，爸爸见一楼大厅的信箱许久未开，东西都塞满了，有几张报纸塞不进去都露在外面了，便随手开了信箱，一股脑儿地把里面的东西都拿了出来，抱到车子的后排座位上："小羽，等会儿路上你整理一下，看哪些是广告传单需要扔的，哪些是账单需要留下的，分分类。"

说干就干，曾思羽系好安全带就开始整理了。有些是广告宣传页，哪里开了健身会所，办卡有优惠，或者哪里的楼盘马上要开盘了，数量有限，预定从速；有些是账单，比如煤气费、电话费、宽带费、物业管理费、税单；有些是报纸，比如社区报、健康报；等等。

"哎，妈妈，这里有一封你的信，摸起来像是一张贺卡。"曾思羽叫起来，为自己发现了一封写着"谢辰亲启"字样的信高兴不已，"手写的，字还挺好看的呢。"

谢辰是妈妈的名字。

既然是手写的，那应该就不是银行对账单之类的吧？

坐在前排的妈妈把信接了过去，"刺啦"，撕开一个口子，把信拆开，掏出一张贺卡。

"哎，是什么？"曾思羽好奇地把头凑上前，"谁会给你写信啊？而且还是贺卡。"

妈妈快速扫了一眼，又把贺卡合上："哦，是初中同学聚会邀请函。"

"初中同学？"曾思羽和爸爸异口同声。

好像从没有听妈妈提起过她的初中生活，她曾慷慨无私地分享过她的小学、高中、大学生活，唯独初中时期，她从未主动提及。曾思羽偶然问起过："妈妈，你们初中时的男生是不是也很讨厌，自我感觉良好，不把女生放在眼里？"妈妈愣了会儿神，马上说："忘记了。"再问她："你初中时的闺密现在还有联系吗？"她也是草草打发："不记得了。"倒是爸爸，很乐意分享他的初中生活，比如："我初一坐第一排，等到初三毕业就坐最后一排了，个子噌噌噌往上蹿。""物理、化学也没什么难的，把概念搞清楚就行了，我当年还拿过化学竞赛的奖呢。"……

妈妈的初中三年，她缄口不提，也许……

"也许是因为你妈妈胖吧，刚进初一她才 70 斤，瘦骨伶仃，等初三毕业时，你妈妈足足有 110 斤，身高才长了 10 厘米而已，三年时间长成了一个胖姑娘，她能不自卑吗？"有一次，外婆在曾思羽家过春节，把妈妈的小秘密偷偷地告诉了曾思羽。

也许吧。不过万幸的是，妈妈如今早已告别丑小鸭时代，成了一个身材匀称、气质上佳的职场女性。

"不知道他们从哪里知道的我的地址。"妈妈咕哝了一声。

"那，你去吗？"爸爸问。

"不去。"妈妈倒是干脆。

"想去就去，小羽交给我，你就放心吧。"爸爸说。

爸爸热衷于参加各种同学聚会，大学的、中学的，全校的、年级的、班级的、宿舍的，一个接一个，乐此不疲，用他的话来说就是"少年情谊最真挚，回首往事多美好"。因此，他极力怂恿妈妈参加。

"你就专心开车吧。"妈妈提高了嗓门。

爸爸乖乖闭嘴，不再劝妈妈。

不知道是不是因为那封邀请函的缘故，在用直的这个周末，妈妈总有些心不在焉。9月的第一个周末，暑气未消，空气窒闷，走在室外，像有无数个空调外机的热风对着人在吹，烦躁不堪。曾思羽跟着爸爸转转景点，喝喝酸梅汁，坐在船上听听渔歌，欣赏欣赏河两岸的民居，颇有既来之则安之的喜乐精神。妈妈却逛了一会儿就说倦了，回民宿歇着了。

后来，在回家途中，爸爸开车带她们去阳澄湖边找了一家农家乐吃螃蟹年糕。妈妈吃了一会儿，就去湖边长椅上坐着了，说要看日落。

"你妈妈看起来有点古怪。"

一向大条、粗糙的爸爸都发现了妈妈的异样，曾思羽能看不出来吗？

谁寄来的明信片？

"嘿，曾思羽！"

经过传达室的时候，曾思羽遇到李乐迪，被他叫住了。他手里捧着一堆报纸、杂志和信件，他努努嘴示意："有你的一封信，自己拿吧。"

"我的信？"曾思羽皱了下眉头，然后从李乐迪胸前扒拉出一封写着"曾思羽收"字样的信件。那字可真娟秀。

她隔着信封摸了摸，里面是一张卡片。咦，这么巧，前两天妈妈刚收到一封同学聚会邀请函，难道这会儿也有人给曾思羽寄了一封，邀请她去参加小学或者幼儿园的同学聚会？应该不会吧？现在大家都微信联系了，谁还寄信啊，效率太低。

那会是谁寄的呢？

曾思羽狐疑地拆开了信，里面是一张明信片，正面画的是汪洋大海上的一艘船，那船孤零零的，却又透着一股子倔强感，而大海有着深邃的深蓝，却无法预测风暴何时会降临。背面是什么？曾思羽翻到背面，想找到寄信人的名字，却没找到，只有钢笔字抄录的几句诗——

做一个世界的水手

奔赴所有的港口

就做一条船吧

一条飞快的抖擞的船

装满了丰富的词句

装满了欢乐

——沃尔特·惠特曼《欢乐之歌》

笔迹工整而陌生。奇怪，是谁？看起来也不像是个恶作剧啊。信封上的学校地址、班级、姓名都没错，寄

信人的信息倒是一点儿不留，结结实实地打了个哑谜，这让曾思羽怎么猜？

"写了什么？"李乐迪凑上来看。

"没什么。"曾思羽把明信片收了起来，装进信封里。

"哟，这么神秘，难道是……"李乐迪不怀好意地笑了。

"是恐吓信，好了吧？"曾思羽用信拍了一下他的脑袋，"快进教室吧，早上英语老师说要默写，错一个罚抄 10 遍呢。你可是要去加拿大留学的哟……"

一听默写，李乐迪脸都绿了，脚步也快了起来。不应该啊，他是马上要去加拿大的人了，英文早就应该过关了，默写还能难倒他？

"这不还没去呢嘛，我妈还在给我找补习老师疯狂加课呢，昨晚凌晨才睡。曾思羽，你说我妈要是从小就对我这么上心，我这会儿是不是也应该出现在 1 班教室里了？我小时候去医院测过智商，可高了！还不是因为我爸妈忙着创业、开公司，硬生生把我给耽误了？唉——"李乐迪边上楼边感叹。

不得不承认，李乐迪身上这股乐观、自信的精神是值得曾思羽学习的。如果 1 班真是稍微努努力就能进的话，那怎么班额才 30 个？要知道普通班可都有 46人。还不是因为优中选优，能符合要求的人数实在有限吗？

这样想来，曾思羽那天觉得姚远看起来傻乎乎的、不太聪明的样子，实在是对他有失恭敬了。她后来经过学校橱窗的时候，特地留意了一下展示出来的那些优秀毕业生和学科竞赛获奖同学的介绍，照片上的男生大多数长得和姚远相似：瘦削，寸头，戴眼镜，眼神羞涩，和旁边篮球队队员们的神采飞扬完全不在一个频道上。

再次在地铁站见到姚远，又是他主动打招呼："嘿，曾思羽。"

"这么巧？"曾思羽有些恍惚，没想到这么短的时间里又遇到他了。

他脸上挂着笑，没有前几日的疲乏和倦意。

"今天不用留下来做题了？"曾思羽问他。

那天姚远已经向她解释了，留下来做题的意思不是补课，而是马上要参加竞赛，正在做赛前冲刺题，特别烧脑。像曾思羽这种从没被竞赛题折磨过的人似乎连安慰他的资格都没有。所以，她就是随便问问，仅此而已。

他们一起刷卡进站，一起下楼梯，一起等待三分钟后进站的那班地铁。

"嗯，上个周末刚比完赛，可以轻松一阵了。"他耸耸肩，揉了揉鼻子，"可以早点儿放学回家看会儿闲书。"

"你喜欢看什么书？"曾思羽问，"听说你们1班的人要么不看，要看就是大部头的巨著。"

"有些人刷名著就跟刷数学题一样，刷完特有成就感，但我不是，我喜欢看人物传记。"他不好意思地笑了，"可能让你失望了。"

列车来了，下车的人没几个，上车的人倒是一个接一个，如果不是姚远眼疾手快，拉了曾思羽一把，她差点儿被人流挤到外围，错过这班车。

蓦地，想到了那张明信片，蓝色大海上的一艘小船，孤独，但安静，不盲从，不随波逐流，只是向着心中所想，去各个港口停留，满载诗意和欢乐。

当时李乐迪在一旁，曾思羽也没空细细揣摩诗的韵味，这会儿她在拥挤的、让人转个身都困难的地铁车厢里，倒是对那诗中所描写的生活生出了几分向往。

可，到底是谁寄的呢？如果那个人除了摘录诗，再多写几句话，曾思羽也是爱看的啊。细细回想一下，从小到大，除了 10 岁生日会上收到过爸妈写的肉麻兮兮的、催人泪下的信，还真没有人给她写过信呢。

"姚远。"曾思羽轻轻叫他。

"嗯？"他被抢在最后一秒钟列车门即将关上时冲进车厢的人撞到了一旁，眼镜差点儿掉了，他慌忙抓住扶手，把眼镜戴好，重新调整了身体的平衡，这会儿列车开了，他才得空转过身，面向曾思羽。

"你收到过信吗？"曾思羽问，"不是录取通知书之类的，是那种情真意切的信，聊聊生活，聊聊梦想，没有什么特别的主题，就是分享日常的那种信。"

"我？"姚远习惯性地挠挠头，自嘲，"我当然没有收到过这样的信，谁会给我们这样的刷题狂魔写信啊？纸条倒是收到过，都是来问题目怎么做的。"

哦，想来也是，偌大的崇平实验中学，就没几个同学能收到那样的信吧？

这年头，人手一部手机，谁还费那功夫写信呢？马

路上邮筒都见不着几个了。

"我最近刚好读了一本书，不算人物传记……勉强也能算吧，正好和信有关，你想听吗？"姚远问。

故事啊，谁不想听呢？可是到站了，没时间听了。曾思羽抱歉地笑笑："我要下车啦。"

"那就下次，想听的话，我下次讲给你听，好吗？"

曾思羽顺着人流下了车，还没来得及回答姚远的问题，车门就关上了，姚远在车厢里，冲她挥挥手。她拼命地点头，想让他知道，那个来不及讲的故事她很想听。

他冲她做了一个"OK"的手势。列车疾驰而过，驶入黑暗的隧道。

那就下次吧，如果还能再遇见的话。

第 03 章

很久很久以前

向着明亮那方，向着明亮那方。

哪怕一片叶子，也要向着日光洒下的方向。

灌木丛中的小草啊！

向着明亮那方，向着明亮那方。

哪怕烧焦了翅膀，也要飞向灯火闪烁的方向。

寒夜里的飞虫啊！

——金子美铃《向着明亮那方》

打开有惊喜

书桌上摆了一个新的 Molly 包装盒。不用问就知道，是妈妈给她买的。这还是妈妈带曾思羽入的坑。有一次逛街，妈妈拖着曾思羽去专柜，指着那些造型各异——有的憨皮，有的诡异，有的可爱，有的搞怪的公仔，问："小羽，我听说很多小女生都喜欢收集它们，你喜欢吗？"曾思羽顺着妈妈的手指看去，眼睛直直地落在了黑条纹衣服、帽子上有两个红灯泡的公仔身上，就是这一瞬间，好像有电流穿过她的身体，就是它了，得把它带回家！

"我要买这个。"曾思羽指给妈妈看。

"好，买！"妈妈倒也爽快。

可是一问店员才知道，这个昆虫系列有 12 款，所有的包装都是盲盒，你买了以后拆开才知道自己买到的是哪一款，无法指定款式。

"拆开之前永远有期待，拆开之后永远有惊喜，这就是盲盒的魅力。"店员补充说。

妈妈买了五个才拆出曾思羽看上的那一款，天知道，当拆出来时是有多喜悦。而那款有个名字——苍蝇。

"小羽，你的审美真是……"妈妈在努力寻找合适的词语，"别致！"

有吗？这只苍蝇明明很可爱好不好？曾思羽越看越欢喜，也就此掉进了 Molly 的坑，有了一个总想有第二个。书架上已经摆得满满当当了，妈妈还在和她齐心收集。甚至，妈妈比她更迷恋。

"你妈妈永远有一颗少女心。"爸爸给妈妈定性。

"怎么了，不可以吗？"妈妈撒娇。

"可以可以，就是我已经老了，你别嫌弃我就好。"爸爸讨好似的说。

曾思羽的胳膊起了一层鸡皮疙瘩。这两个年龄加起来快 90 岁的中年人肉麻起来真是堪比偶像剧。

此刻，曾思羽把盒子拆开，从里面掏出来一个公仔，哈，近视眼，白衬衫，蓝色背心，黑框眼镜，头上绑了一条白布，布条上有两个红色的字——努力。

看起来有点像……姚远，或者说，1班的学神大多是这一款吧……

曾思羽把这款公仔放在台灯底盘上，希望它能给自己带来好运。学霸附体，战无不胜！今天的作业不少，这就开动吧！

最近听蓝微琦说，班里有不少同学叫苦不迭，声称作业要写到凌晨。这哪是初三，这简直就是炼狱，生生要把他们烤焦。听到这话，老师都觉得委屈："要做的练习都是老师千挑万选出来的，重质轻量，为了不让你们陷入茫茫题海，老师比你们先一步扎进去了，就这样，你们还抱怨。看看隔壁学校，看看他们那个作业量！"

好吧，时间就像海绵里的水，挤挤总还是有一些的，于是班长、学习委员带头在学校里争分夺秒把作业做掉一些，立志要告别拖拉，重塑自我。

中午时分，曾思羽在同学们齐刷刷埋头写作业时，悄悄地溜出了教室，去了一趟图书馆。

在二楼的经典文学外借部的电脑上，曾思羽查到了惠特曼的诗集《草叶集》，便按照显示的书架号顺利从一排排诗歌集中抽出了这一本。

"惠特曼。"她轻轻地抚摩着封面上作者的名字，这是一个什么样的人？

她把书翻开，顺着目录，凭着记忆，翻到名为《欢乐之歌》那一页，哦，原来这是一首长诗，足足占了三个页面，"做一个世界的水手，奔赴所有的港口"出现在这首诗的最后一部分。

她把借来的诗集夹在胳肢窝下，走出了图书馆。

正午的阳光很柔和，毕竟入秋了，没有了夏天的燥热，风也带了一丝舒爽的凉意。曾思羽特地绕道操场再回教室，因为不想辜负这明亮的阳光。

宽阔的操场上有个班级的同学在跑步，哦，不用问也知道了，是 1 班。1 班从不和其他班一起在清晨跑步，因为清晨头脑清醒，适合做难题。校长安排他们错峰在中午跑步，一是人少，减少排队时间；二是中午人易犯困，刷题效率不高，还不如拿来跑步。

他们很快从跑道的南面跑了过来，队伍整齐划一，训练有素。学神大概就是这样，什么事情都做得有模有样。

"还剩一圈！"排头的一个男生喊着。

曾思羽低着头，加快脚步回教学楼，总觉得此刻抱着诗集在操场上闲逛的自己显得特别不务正业。

"还有半圈！"那个男生又喊了一句。

队伍快速地穿过曾思羽身旁。有个男生在转弯时，手臂碰落了曾思羽抱在胸前的诗集。

"对不起啊，同学。"那个男生已经跟着队伍跑到了前面，他回头对曾思羽抱歉地说。

曾思羽刚想弯腰去捡，屈膝的动作做到一半就蓦地停止了，因为她看见有人已早她一步把书捡了起来，他没有马上交还给她，而是抖落了书本上的草叶与灰尘，并定睛看了眼书名。

她直起身，他把书递给她。

"你的书。"

那个声音，她是熟悉的，不用抬头看，她就知道，是姚远。也只能是他，还会有谁在行进的队伍中脱身而出，只为了捡一本因不小心碰撞而掉落在草坪上的书呢？

盲盒。她脑袋里突然蹦出了那个盲盒，忍不住笑了。

姚远不知曾思羽为何而笑，他也跟着笑，笑容如这秋日的阳光，明净、透亮。

"姚远，快跟上队伍！"喊口令的男生大声招呼他。

于是，姚远很快跟上队伍，继续跑剩下的半圈。

曾思羽也一路小跑回教室，风在耳边呼呼地响着。她跑得太快了，快到教室门口的时候，迎面撞上了隔壁班的班长严伊。她刹不住车，把严伊手里捧着的东西都撞翻在地。

"抱歉，抱歉。"曾思羽边道歉边蹲下身子帮她把掉落在地上的东西都捡起来。

语文书、数学练习册、一本小说，还有一盒药，药盒上的字很陌生，曾思羽没见过，她多嘴问了一句："你生病了？"

"我自己来。"严伊把曾思羽的手弹开，一股脑儿把所有的东西都塞进了怀里，然后面无表情地走了。

看起来有点儿不太对劲。虽然曾思羽和严伊打交道的机会不多，但教室挨着，进进出出低头不见抬头见的，对她也算熟悉。她圆脸蛋，终年梳着马尾辫，露出一个大脑门，蓝微琦还开过她玩笑，说发际线这么高，要担心早秃啊，严伊倒也不动气，笑着怼她："好啊，等着，看谁先秃。"自从立下赌约，蓝微琦但凡掉几根头发下来，就忧心忡忡："完了完了，打赌要输了。"印象中的严伊走路生风，为人爽朗。虽然刚才的严伊依然是马尾辫、大脑门、发际线很高，可在曾思羽看来，却是疏离而陌生的。

后来，当曾思羽得知严伊的病情，再联想起这个瞬间时，一切便可解释了。

向着明亮那方

文艺委员蓝微琦的苦恼日益增多，因为艺术节马上又要开始了，但同学们懒洋洋的，一个主动报名的都没有，往年至少还有人报个小组唱什么的。

"那个谁，你不是暑假里学了街舞吗？再拉几个人一起整个舞蹈出来呀，街舞嘛，也不用很复杂，蹦蹦跳跳，图个热闹呗。那个谁谁，你去年的吉他弹唱不是大受欢迎吗？今年在原有的基础上再创个新，继续闪耀全场呗。"蓝微琦在教室里转一圈，把但凡有点儿文艺细胞的同学都发动起来，一个也不放过，"哎，那个谁谁谁，你奶奶前段时间参加社区文化节演出是不是拿了个一等奖？虽然是广场舞，但年轻人也是可以跳出青春风采的嘛，你选上几个肢体协调的，让你奶奶当指导老师，怎么样？快夸我机智！"

可真是难为蓝微琦了，一圈下来，口干舌燥，也没几个响应的，最后还是得班主任出面拍板决定。

同样烦恼的还有体育委员崔育涵，这运动会近在眼前，虽然把很多项目强行摊派下去了，但瞧着同学们这精气神儿，估计又要落得个年级倒数。

他们在那儿唉声叹气，曾思羽表示爱莫能助。她没有什么特别的才能，艺术节混个大合唱可以，运动会上当个啦啦队员也够格，但，也仅此而已。

"平庸如我，大概毕业之后谁也不会记得我吧？"曾思羽一想到这儿，便不由得哀叹起来。小时候，但凡学会一样新本领都会被家长使劲地夸，比如骑自行车、游泳、写字、画画，听在耳朵里多舒服啊，自己都有一种错觉，觉得自己是世界上最棒的。可是渐渐长大了，才真正见识到山外有山、人外有人，"最棒的自己"渺小如草芥。

"小羽，妈妈只求你健康平安。其他的，命运自有安排。"妈妈总是这样宽慰她。

妈妈当人事管理那么多年，见过太多名校毕业生投来的简历——漂亮，无懈可击。但这些人跳槽的频率也很高，在一个公司长的待两年，短的才半年，没有耐心和公司一起成长，或是始终找不到适合自己的位置。

"小羽，妈妈不想给你太大压力，不是说对你无所求，只是不想用焦虑来干扰你，我希望你能在前行的路上自己找到梦想的出口。"妈妈和这世上所有的母亲一样，到底还是对女儿寄予了期望的。

但，自己将来到底会成为什么样的人呢？

在这个 14 岁的秋天，曾思羽还没有想明白。

"曾思羽，发什么呆呢？"李乐迪打断了她的思绪，扔了一封信在她桌上，"又是你的信，哎，我说曾思羽，最近有点儿奇怪啊，以前也没见有人给你写信啊，最近这频率是不是有点高了？"

"莫不是你自己写给自己的？"崔育涵闲得慌，也来凑热闹，一张嘴就讨打，"我在一本杂志上读到一个故事，说有个女生常自己写信给自己，伪装成朋友很多的样子，你说这样的女生到底是怎么想的？"

"我需要伪装吗？我难道朋友不多吗？你们两个不

是我朋友？"曾思羽倒也不怒，笑嘻嘻地说。

"啊，倒也是。"那两人碰了个软钉子，自讨没趣，便勾肩搭背地走了。李乐迪被解除了禁足，现在走路都带风。

曾思羽把信拆开，和上次一样，又是一张明信片。翠绿的画面上是一朵朵随风摇曳的狗尾巴草，背后又是一行行诗——

向着明亮那方，

向着明亮那方。

哪怕一片叶子，

也要向着日光洒下的方向。

灌木丛中的小草啊！

向着明亮那方，

向着明亮那方。

哪怕烧焦了翅膀，

也要飞向灯火闪烁的方向。

寒夜里的飞虫啊！

——金子美铃《向着明亮那方》

"呀！"曾思羽在心里轻轻惊叹了一声。这张明信片来得也太及时了吧，就在这金色的下午，忙乱的日子里，心正好有了一丝缺口，无助的风透过缝隙吹进来的一刹那，茫然、惶惶。它的到来，似乎填补了那个缺口。

"向着明亮那方。"几个字在她唇齿间反复摩擦。

很快就到了放学时间，她如往常一样，准时离开教室，没有被老师留下来补课，也没有被蓝微琦留下来排练节目。

顺着人群走出校门时，她听到身边有女生在叽叽喳喳热烈讨论着，"吴亦凡又瘦回来了""周冬雨拍了新剧""杨超越演技还不错"，等等。学习了一天，大脑神经紧绷，总算可以讨论些愉快的话题了。她们的声音在八卦之外，透露着满满的欢喜和雀跃。

她走到地铁站，刚坐扶梯下了一层，就被叫住了。

"曾思羽！"

是姚远。

他汗津津地在拐角处的面包房出现，笑意盈盈。

"上次说的那个故事，发生在 1965 年。"等她走近了，他说。

哦，原来他也没忘。前些天，他说过的，要讲一个和信有关的故事。

……

笔友

"妈妈，你读中学时交过笔友吗？"周末清晨，和妈妈一起去公园晨跑的时候，曾思羽问妈妈。

据说，交笔友曾在 20 世纪风靡校园，无数少男少女趋之若鹜。有的人直接在杂志上公布个人信息，比如年龄、性别、爱好、梦想以及自己的通信地址，欢迎有相同爱好的同学写信给自己；有的同学在报纸杂志上发表文章后，便有无数读完文章心有戚戚焉的读者把信寄到学校，表达对作者的仰慕之情；有的就很随意了，没有明确的收信人，直接就是"某某学校，高一（2）班，7 号收"，撞到谁就是谁；有的会加入某个交友俱乐部成为会员，俱乐部根据会员的要求帮会员筛选笔友，比如你想结交海南的同龄人，你只想和女生交笔友，你想结交比你高两个年级的人……

这是听爸爸说的，一直以为他们老土，满脑子只有读书，没想到他们在少年时代也曾大胆、肆意，也曾有过百转千回的情愫，也曾心向往远方。

那么，爸爸有过笔友吗？

"我？当然没有！我生平最怕写作，别说信了，就是写个字条都懒得动笔。"爸爸有些不好意思。

"那你说，妈妈有没有笔友？"曾思羽忍不住打听。

"我猜有吧，我们班很多女生都有，和外校的、外地的男生女生通信，有时还互相传阅，痴迷得不得了。真搞不懂她们，不爱打游戏，不爱运动，就喜欢在信纸上写啊写，哪来那么多话要写。"爸爸摇摇头，人到中年的他至今还无法理解当年班上女生的行为。

对爸爸来说，学习之余，最大的放松就是看杂志，各种兵器杂志和航天、探秘类杂志，他对自己生活以外的世界尤其感兴趣，天上的、地下的、从前的、未来的。那妈妈呢？在爸爸眼里，妈妈和他班上那些小情小调的女生应该没有本质上的区别。

"也许，你妈妈的笔友还不止一个。"爸爸神秘兮兮地说。

真的？那妈妈会选择和谁写信？那些信，如今还在吗？那些人，妈妈和他们现在还有联系吗？

妈妈两圈跑下来，额头、脖颈出了不少汗，她停下来，用白毛巾擦了擦汗。虽然已经40多岁了，但因为长期坚持运动、保养，妈妈的皮肤还是很紧致的，哪怕是此刻的素颜，也是清爽好看的。

妈妈听到曾思羽问："你读中学时有过笔友吗？"那一瞬间，眼神里闪过一丝温柔，可是不过几秒钟，马上冷却下来。

"我没有笔友。"妈妈的声音不热情，但也不是冷冰冰的。

"真的没有？你没主动写信给别人，那别人有写信给你吗？"曾思羽不死心。

妈妈放下毛巾，拧开一瓶运动饮料，喝了两口，递给曾思羽，说："收到过恶作剧的信，比如'收到此信请抄写10份寄给不同的人，如果一个月内完不成，你将有灭顶之灾，不要以为这是玩笑，有很多人因没有照做而受到不同程度的惩罚，比如车祸、坠马、雷击等'。特别危言耸听，说得跟真的似的。有胆小的女生照做了，我没搭理它，不也活得好好的？"

"只有这样的信吗？"曾思羽追问。

"你还想知道什么？"妈妈反问曾思羽，"这一大清早的，干吗问起这个？"

是啊，为什么呢？是因为姚远说的那个和信有关的故事在曾思羽心里激起了一阵阵涟漪吧？

那个故事真的已经很久远了，比爸爸妈妈的年纪都要大得多。

"1965 年，有一个香港少年，他 15 岁，想找一个能说心里话的人，但得是一个女生。他身在男校，对女生充满好奇。他翻到一本娱乐杂志，看到某个页面上刊登了许多征友启事，他一条一条认真地看，越看越沮丧，因为大多数人都是 18 岁、19 岁甚至 20 岁，在 15 岁的少年眼里，20 岁已经很老了。"

听姚远说到这里时，曾思羽情不自禁笑了。想起了那天妈妈吐槽某个记者，说他居然在新闻报道中把一个 1988 年出生的女子称为中年妇女，那像她这样的岂不是老年妇女了？人们对于女性的年龄向来有歧视，没想到愈演愈烈，已经到如此夸张的地步了，妈妈越说越生气，那个记者简直不可饶恕！

"他终于找到一个适龄的女孩，她住在马来西亚槟城，14岁。他从没有写过信，所以这次他花了大力气，要知道给女孩留下良好的第一印象是非常重要的。这封信写得比他写过的任何一篇作文都要文采飞扬。"姚远继续说。

"你给女孩写过信吗？"曾思羽插嘴。

"没有。"他摇了摇头，旋即又低下头，"也许以后会。不，一定会。"

说得这么坚决，颇有些1班学神的风采。站直了以后，曾思羽发现她和姚远的交流是有些辛苦的，她得仰着头才能看见他的眼睛。刚进初中时，大多男生都小模小样，站在女生旁边，一点儿优势也没有，没两年一个个都蹿了个子，像吃了发酵粉一样，座位渐渐从第一、二排换到了倒数第一、二排，校服裤子从拖在地上变成了吊在脚踝处。成长的速度真是超乎想象。

那个14岁的槟城女生有没有给他回信呢？应该没

有吧，印象中，一个好看的故事总是颇有些波折的。

曾思羽来不及知道了，她到站了，要下车了。她下得很匆忙，只听姚远在她身后喊："你要是想听的话，下次再给你讲。"

第 04 章

一个人，一盏灯，一支笔

水里的游鱼是沉默的。

陆地上的兽类是喧闹的。

空中的飞鸟是歌唱着的。

但是，人类却兼有海里的沉默、地上的喧闹与空中的音乐。

——泰戈尔《飞鸟集》

叫醒你的耳朵

曾思羽又去了趟图书馆，把惠特曼的《草叶集》还回去，借了一本金子美铃的《什么都喜欢》，这书是她喜欢的装帧风格，插图细腻精美，版式疏朗。顺手又拿起几本青春小说翻了翻，有几本好像被改编成了电视剧、电影，封面就是剧照，剧照上的男生女生青春洋溢，笑容明亮。影视作品通常都喜欢美化青春，好像"青春"二字是一切美好的代名词，其实，现实生活哪有它们描绘的那么美好，中学生活大多时候是灰头土脸、狼狈不堪的，因为有那么多的考试和排名。

月考成绩下来了，又有很多人大呼小叫，排名上升的大松一口气，回家可以向父母交代了；排名下跌的，睡不醒的脸上又多了一丝苦涩。曾思羽还是老样子，这几年，一直维持在这个区间，跌也跌不下去，上又没那么容易。

　　教室里愁云惨雾，实在是辜负了这秋日的好天气，窗外明明有澄澈的蓝天，有洁白的云朵，透过窗户吹来的风中还带了丝丝桂花的香甜。也许正是受了这份香甜的"蛊惑"，曾思羽放下还没订正完的卷子，来到了图书馆，体验一回诗中所描绘的"偷得浮生半日闲"的境界。

　　因为挂念着卷子，也不敢多逗留，就匆匆走出了图书馆，刚出门下台阶，却再也迈不开腿了。学校的广播里响起了一个清亮的男声，哦，第一个字唱出来，曾思羽就听出来了，是吴青峰。

我曾将青春翻涌成她

也曾指尖弹出盛夏

心之所动，且就随缘去吧

　　这几句没有任何伴奏的清唱一出来，就让曾思羽浑身起了鸡皮疙瘩，太醉人了，高亢、深情，穿透人心。

她站在那儿静静地把歌听完。周四的校广播台主持人是个音乐发烧友，每次选歌品位都不错。

"是吴青峰的《起风了》。他在《我是歌手》的舞台上唱过。"也不知道什么时候，身旁站了个人。

哦？曾思羽转过头，看到躲在镜片后的闪闪亮的眼眸。

"这首歌被用作邓伦和马思纯主演的电视剧《加油！你是最棒的》主题曲，听多少遍都不会腻啊。"曾思羽轻轻感叹。

"还有个日文版也好听，和吴青峰演绎的风格完全不一样。"他说。

日文版？曾思羽还真不知道，毕竟，她是邓伦的粉丝，而不是吴青峰的。

"我以为你们只会刷题，没想到也听歌。"她笑了，1班的人真是被大大妖魔化了。

已经很多天没在地铁站遇到他了，也是，月考前后，1班总是要加做一些练习的，为了年级前30排名不旁落其他班，也为了压轴题人人都不失分。月考结束，他倒是有空来图书馆，他的胳肢窝里也夹了一本书，很厚，他有时间看完吗？

见曾思羽盯着他的书，他把它抽出来："哦，是《种子的力量》，闲书，随便翻翻，放松一下紧绷的神经。"

1班的人都还有时间听歌，看闲书？江湖传闻，他们的人生除了吃和睡就是刷题。

"我是1班的非典型成员，他们都叫我佛系男孩。"他似乎看出了曾思羽的困惑，为自己正名。

他说，当初妈妈给他报名参加了择校测试，也许是走了狗屎运，题目都对他的胃口，就被分在了1班。进去之后才知道强手如云，有一种莫名的危机感，担心自己被无情碾轧，碎成渣，变成粉末，只好随大流刷了些题。但在心里，他还是留了一点点狭小的空间，给音乐，给自由阅读。

聊着聊着，他们就穿过了小半个校园，回到了教学楼，曾思羽的班级在二楼，走廊上又有男生在打闹，听声音，李乐迪也在其中。姚远的教室在五楼，清静之地。

"放学后，地铁再见吧。"在楼梯口分别之际，姚远挥了挥手中的书说。

看来，月考结束，1班又可以歇几天了。

但，不凑巧，曾思羽被留了下来，是被蓝微琦强行留下的，为了艺术节的女生小组唱。为了抵御她们的不配合，蓝微琦搬出了救兵——班主任，说小组唱的成员都是班主任钦定的。能入挑剔的班主任的法眼可是不容易的，得样貌清秀、成绩尚可、嗓音甜美。蓝微琦口才极好，把六个女生好生夸了一通，她们再不配合倒显得扭捏了，只好勉为其难答应下来，合排一首蓝微琦千挑万选的歌《蓝短裤》。

"前面有一段独白，是用童真的声音完成的，我保证一张嘴就能把全场的耳朵都叫醒！"蓝微琦信心满满，"姑娘们，加油吧！"

"装幼稚会不会被嘲笑？"有人担忧。

"后面歌唱部分咱们放弃儿童版，选用天使版，绝对唯美又清新，郁可唯的歌你们就放心唱吧，品质保证！"蓝微琦把胸脯拍得啪啪响。

曾思羽敢打赌，其他几个女生都不知道郁可唯是谁，但又有谁在意呢？唱谁的歌都一样，不过就是为了应付一下班主任，应付一下学校的活动而已。

"那行吧，反正我要走了，6点半还有一节英语网课呢。"

"是啊，我们回家先听听，再凑在一起排几次就行了。"

大家领了任务，就分头回家了。今天数学老师心情不好，布置了两张大卷子，像两块石头压在每个人的心头，沉甸甸的。

曾思羽回到家，在晚饭前，抓紧时间把第一张数学卷子搞定了，除了最后一道题费些脑筋，其他都还好。只要细心点儿，就不会掉进坑里。

妈妈在厨房里烧菜，菜都是在盒马鲜生买的半成品，稍微加工一下就可以了。爸爸刚打电话回来说今天不回家吃饭，作为公司合伙人之一，他最近为了一个新项目忙得焦头烂额。

"小羽，这一年，对你爸爸来说很关键，他的公司刚进入正轨。对你来说，也很重要，毕竟明年6月就要中考了。妈妈希望你们都好好的，别出什么岔子。"饭桌上，妈妈给曾思羽夹了一块蒜香排骨。

能出什么岔子呢？曾思羽笑妈妈杞人忧天。

一杯奶茶

"那个槟城女孩自从在杂志上刊登征友启事后，每天都收到大量来信，不胜其扰，她随手就把这封来自香港的信件给了她的同学。她的同学回到家，又随手把信给了她的邻居女孩。"

隔了多日，姚远终于又在地铁站继续讲述那个未讲完的故事。

曾思羽站着，到姚远的鼻子位置。她的眼睛落在他的胸口，他校服上的布质校徽缝歪了。

"邻居女孩给他回信了，就这样，阴错阳差，他们成了笔友。"曾思羽猜道，"一定是这样的，很戏剧性。"

"曾思羽，你收到过男生写来的信吗？"他突然饶有兴致地问，"我是说，除了生日邀请函这种。"

"当然——"曾思羽顿了顿，"幼儿园时期收到过几个男生寄来的明信片，来自加拿大、澳大利亚、捷克等等。那时大家还不会写字，都是家长代劳的。这算信吗？"

她没有告诉他，最近她又收到了几封信，和幼儿园时期不同，不是家长代劳的，而是亲笔抄写了一行行诗句，那诗句多动人，那明信片多漂亮。

可她不确定那些信来自女生还是男生，不说也罢。

"如果现在有男生给你写信，你会回信吗？"他没给曾思羽回答的时间，就接着往下说，"香港男孩收到了梦寐以求的笔友的来信，那个来自遥远的槟城的女孩叫明月。名字好听，人应该也好看，他觉得还不赖，尽管明月不是他最初的选择。"

"男生对好看这件事是非常在意的。"曾思羽说。

"你们女生又何尝不是'外貌协会'的？"他反问。

好吧，曾思羽承认，也许是为了缓解即将到来的中考压力，女生给全年级的男生搞了一个"颜值最高排行榜"，1班的男生全军覆没，无一入选。他们是学校派出去刷比赛拿名次挣脸面的，颜值担当靠的还是那些在运动场上叱咤风云的男生。

"你喜欢喝奶茶吗？我看我们班的女生都爱喝。"他问得很突然。

"你们班一共才四个女生。"曾思羽扑哧笑出了声。

谁不知道，尖刀班的女生是个位数，和熊猫一样，属于保护动物，凡大扫除、搬新书等体力活向来不用参与，只需端坐一旁验收成果便可。曾思羽她们有时做值日，抱怨男生偷懒，比不上 1 班男生绅士时，男生便戗她们："谁让你们当年不努努力考进 1 班呢？这就叫少壮不努力，老大徒伤悲。"好没风度，女生回赠他们几个白眼。

"本来有五个。"他摊开手掌纠正曾思羽，"有一个进来没多久觉得压力大就退出了，去了国际部。剩下四个可真是铁骨铮铮的女汉子，稳居班级前十。"

"总算和女学霸找到一个共同点了，我也喜欢喝奶茶，原味的。"曾思羽笑了。

还没来得及问他是不是也喜欢喝奶茶，广播提示，到站了。地铁真是效率最高的交通工具，四站路，十多分钟的车程，通常情况下，不晚点，不堵车。

每天曾思羽都从 6 号出口出去，日复一日，闭着眼睛都能把这条线路走下来，但今天，她走向了 5 号口。因为她远远地，看见那里有一家新开的奶茶铺，店面颜色是地中海的蓝和白，清爽宜人。那蓝色是有魔力的，不动声色就把她召唤了过去。

"我要一杯原味的。"曾思羽走近了，对那个用蓝色头巾包着栗色鬈发的店员姐姐说。

"两杯，原味的，半糖，热的。"身后不知什么时候站了个人，抢白道。

插队！曾思羽恼怒地转身往后看，吃了一惊，是姚远。

"突然就想喝一杯奶茶，所以在车门关闭前冲了出来。可是没带钱，手机也没电了，没法微信支付，要不你请我喝吧，下次我来请你。"他抓了抓后脑勺说。

好像……没有理由拒绝。曾思羽又从书包里翻出了15 块钱。

在等待店员冲调的间隙，姚远把手撑在收银台上，身子朝着曾思羽说："你知道 1965 年，国际邮件投递的速度有多慢吗？往往一封信寄出去半个月了还没收到回信，寄信人心里那个煎熬啊，常常等不及对方回信，又写了第二封信。他们在信件里也会夹寄街景明信片和自己的照片，以便拉近彼此的距离。比如，就像今天，喝到了一杯好喝的奶茶，也可以写进信里。"

等一杯奶茶不过几分钟，但常让人不耐烦；给一个人发一条微信，半个小时不回，恨不得把他从好友名单里删除。不敢想象，在1965年，等一封信要那么久。

奶茶好了，他们一人一杯，捧在手里，暖暖的。曾思羽往出口走去，姚远坐扶梯下楼搭乘下一班地铁。

从地下走到地面上的那一瞬间，总有一种重见天日的感动。秋天的黄昏像随意打翻了的颜料盘，夕阳的橘、枫叶的红、梧桐的黄、天空的蓝、云朵的白，随着绸缎一样丝滑的风，轻轻摇曳着，人们的心在这舞动中渐渐地醉了。

曾思羽喜欢用很慢很慢的速度走完这段路，早把妈妈的叮嘱抛诸脑后——"小姑娘在外面不要多逗留，不安全"。

"你总说外面坏人多，我怎么没发现呢？"曾思羽质疑。

"你傻啊。谁会把'我是坏人'这几个字刻在额头上？"妈妈用手指戳曾思羽的脑门。

然后，当着她的面，妈妈在电脑上把一条条新闻打开，让她看那些骇人听闻的报道，诸如"花季少女回家路上惨遭毒手，命悬一线""十四岁少女失踪数日，父母心急如焚，警察全力调查""十年前的一起人口拐卖案终于告破，年轻女子被拐时还是中学生，如今已成了两个孩子的母亲"之类。

可是，好像一天当中，只有路上的这段时间是完完全全属于自己的，真舍不得就这样匆匆走过。看看街景，听听风吹过树叶的声音，哪怕是在十字路口等一个没有安装读秒器的红绿灯也是好的，那一刻，心无旁骛，很单纯地，只是等一个一定会来到的绿灯。有时一愣神，错过了也没关系，可以等下一个。

"小羽，怎么今天回来这么晚？"妈妈给曾思羽开门时，嗔怪道，"也不打个电话回家，害我担心。"

"艺术节要排练女生小组唱呢。"曾思羽把喝了一半的奶茶递给妈妈，"帮我扔一下。"

"小羽，跟你说过多少次了，别喝这些东西，添加剂可多了。"

饭菜都在桌上，还冒着热气，妈妈手里拎着一个白色的帆布袋，看样子又要去读书会了。果不其然，她换好鞋子，推门出去："小羽，妈妈去读书会，你自己吃完就写作业吧。"

最近，妈妈下载了一个读书 App，注册为用户，把自己读过的好书目录及阅读体验上传，附近三公里之内的用户都能看到，如果他们对你的书感兴趣，想借阅，而你恰好也对他看过的某本书感兴趣，那么你们就可以把书放到附近指定的一个咖啡馆，当面交换或有空时去取。咖啡馆也时不时会举办读书会，大家可以买杯咖啡，进行线下交流。

"你最近去得有点儿勤。"曾思羽咬着筷子，看着妈妈，"快交代，是什么情况？"

"交代？"妈妈愣了一下，扑哧笑了，"小羽，你在想什么呢？哎，不跟你说了，快吃饭吧。如果下了班，只能围着你转，盯着你的学习，我会疯的。"

"啪"的一声，妈妈关上门，踩着高跟鞋走了。

姑且就相信妈妈的解释吧，曾思羽狠狠扒拉了一口饭。

关于阅读，我想说……

关于阅读：

那年冬天，我和家人在美国夏威夷度假限，除了碧海蓝天，反让我们念念不忘的是在火鸡山上看到的火山、璀璨银河、山顶的日出日落。接回阅球表面的校貌。在北阁的自然绝画间，人'实'是多么渺小，又是何其幸运。

我的女儿趴在山顶上，看着火红的太阳慢慢西沉，问我："妈妈，你小时候像我一样去过许多国家、看过许多星空吗？"

我说："没有，我的整个童年、少年都待在一座小镇上度过。"那是交通不便，去不了鸡以外的世界，我辗转在那个面积1200平方公里的鸡上，我辗转波及的处女不过是个人人同小早的乡镇。直到有了书，世界才不再遥远，它们变得真切，触手可及。

这世上的书那么多，该如何选择呢？最后，守卫守的做法是选择经典的，但凡课本上出现过的名家，我都试着去国书馆记忆他们的代表作

力啃不下来，下来的翻且名家一般，利用那种碎片化的时间去读报纸、你必、
找到喜欢的作者、文章、如果我们在文章中恰好也提到过其实这些书籍
和作家。我总会紧抓住名字记下来，把国素磨去把作品也找来读。拓宽
自己的阅读视野。累了、倦了的时候，也会随手拿消遣连读物来、找松
松弛。因为已经具备了一定的审美能力、对这样的文字不会沉迷、
更不会拿来当写作的范本。看完接倒。周末，我也许会去附近的
书店转转、毕竟书店上架的速度快了图书馆、活跃度高的、紧贴时代的、
热门的书总是最先在书店找到……

我相信、你也爱阅读、否则你不会看到我写下的这封信。去吧、
去寻找适合你的、你也喜欢的书、去静快读、多过左、不畏忙、
让书名你所问、你的人生底色也会因阅读变得绚烂面迷人！

爱你妈妈 :)

璀璨的名字

星期一，一个重磅消息在学校悄悄地流传开了。隔壁班的班长已经有一个星期没来学校了。

"听说是抑郁，去600号确诊过了。暂时请了半个月的假。"崔育涵压低了声音，"你们知道就行了，别大声讨论，也别到处散播。"

"严伊？怎么会？她一直都很开朗啊，我开她玩笑，说她会早秃，她也没生气，一笑而过。"蓝微琦表示难以置信，"上次在学生会开会我也没看出来她有什么异样。"

"要么是她在外人面前伪装得好，要么就是你太迟钝。"崔育涵笑她，"而且谁说看起来开朗的人就不会抑郁了？蓝微琦，哪天要是你也去600号了……"

话还没说完，崔育涵的后背便遭到蓝微琦噼里啪啦一阵打："崔育涵，让你乌鸦嘴，让你触我霉头。"

崔育涵连连求饶，蓝微琦也打得手疼了，这才停下。

安静下来，有一种无以名状的情绪在空气中弥散开来。蓝微琦看看曾思羽，曾思羽看看崔育涵，崔育涵看了一眼蓝微琦又马上把眼神收回，然后大家谁都不说话。

有点儿难过，真的，曾思羽实在无法把严伊和"抑郁症"联系在一起。是因为初三的原因吗？

进入初三，除了1班的学神，渐渐地，开始有其他班的同学也加入了凌晨发朋友圈的队伍。

"一个人，一盏灯，一支笔，一沓卷子。"

有人掐准了12点，发了这么一条自以为孤独得要命的朋友圈，不出几秒钟，就有许多回复——

"你不是一个人。"

"你不是一个人+1。"

"你不是一个人+2。"

"你不是一个人+3。"

……

接龙就此开始，队伍据说很长。不同的小区，不同的房间，不同的人，做着相同的事——刷题。老师也强调了刷题的重要性，刷出熟练度，刷到那些题也认识你，到了考场上就没什么好怕的了。

"如果没刷到吐，就说明还没刷够。"曾有学长以荣誉校友身份回校做讲座时，和他们半开玩笑地说道。

除了刷题，难道就没有别的办法了吗？

"曾思羽，你想过要考什么大学吗？"一起走进地铁的时候，姚远问她。

"上小学的时候，我说就考个清华吧，爷爷奶奶夸我志向远大，爸爸妈妈却笑我年少轻狂。你知道的，小时候多天真呀，以为坐宇宙飞船上太空也是一件 so easy（超轻松）的事，就跟坐一趟地铁一样。"曾思羽仿佛看见了童年时的自己，不好意思地笑了，"上了初中才发现，清华就不要去想了，百分之百和我无缘，就连考上我父母的母校，也变成了一种奢望，全市排名前5%才有可能。"

为了激励曾思羽学习的动力，初一暑假，爸爸妈妈带着她去了他们的母校转了一圈。爸爸的母校在城市的东北角，妈妈的母校在城市的西南角，他们靠着一部地铁，横穿了整座城市。

大学校园和中学校园完全不同，每个男生女生的脸上都没有愁云，他们脚步轻快，笑容明亮，就连脸上的痘痘也是欢喜活泼的。

"妈妈，好想直接跳过中学来上大学啊。"曾思羽发出感叹，"大学校园这么大，这么漂亮，又没人整天盯着你，简直就是完美生活。"

"大学生活是光鲜，但大家都是从灰扑扑的中学生活里滚过来的，没有付出，哪有回报？"妈妈不失时机地端了一碗"鸡汤"到曾思羽面前，"小羽，每当倦了、累了时，想想这美丽的校园、敞亮的笑容，或许，就又有了继续前行的动力。"

"鸡汤"味道是不错，可是一碗接一碗，哪有那么大的肚子来装？喝多了也会肠胃不适。

"我妈妈没上过大学，这是她一生的遗憾。但她带着我去过北京大学、清华大学以及远在大洋彼岸的美国斯坦福大学、英国剑桥大学、奥地利维也纳大学。维也纳大学的校友中有许多伟大的人，比如薛定谔、弗洛伊德、多普勒……看到雕像上刻着的这些璀璨的名字，我——"姚远颇有些激动，他捂着自己的胸口，"有一次做中考模拟卷，作文题是《怦然心动》，我就写了我在维也纳大学的这一刻。"

曾思羽点点头，可是很快脸就红了。那些让姚远激动的名字，对曾思羽而言，是有些陌生的。

"《怦然心动》，我也写过，我写了邓伦，写完很忐忑，担心立意不够高，但语文老师慈悲，给了我一个不错的分数。老师说，文章贵在有真情。"

"要不是你上次跟我说过在等邓伦拍戏出来，我说不定会问你，邓伦是我们学校哪个班的。"他笑了，挠了挠头，脸上有一片红云悄然而至。

哦，1班的人也是有那么一些幽默细胞的。曾思羽也笑了。

"感谢邓伦。"他轻轻地说。

"嗯？"曾思羽不解。

他还没有来得及解释，地铁到站了，曾思羽顺着人流下了车。那些未曾说完的话，就像是一列未到站的列车，忽而进入黑暗的隧道，忽而驶入明亮的站台，明明灭灭……

第05章

发条拧紧了，快跑

黄色的树林里分出两条路

可惜我不能同时去涉足

我在那路口久久伫立

我向着一条路极目望去

直到它消失在丛林深处

但我却选择了另外一条路

它荒草萋萋，十分幽寂

——罗伯特·弗罗斯特《未选择的路》

发条玩具

"哇，男神们集合了耶！"一大清早，刚进教室，就听罗贝贝在尖叫。

"好嘞，等我，马上就位！"李乐迪伸手示意，"一秒钟，就等我一秒钟，我先喝口水。"

"我，我，我……我来了，喊我干吗？"崔育涵书包还没放下，就忙不迭凑了上去。

陆续，又有几个男生凑到罗贝贝跟前："大罗，让我们集合干吗？"

罗贝贝一见这阵仗，笑也不是，哭也不是："谁喊你们集合啦？哦哦哦，我刚才喊了男神，一个个都自觉代入了？要不要 face（脸面）啊？我说的男神是不加双引号的，是真男神好不好？"

罗贝贝扬起手中的一张宣传页："看清楚了啊，男神都在这上面，不在我们班。我们班啊，一个都——没有！"

"没有"两个字特别加重了语气，引来一片鬼哭狼嚎。男生们凑近了去看那张宣传页，然后一脸嫌弃："这都是些什么妖魔鬼怪啊。"

他们悻悻然地散开了，女生们尖叫着围拢上去，一个个都握紧小拳头，兴奋异常——

"哇，这张照片上陈伟霆看起来最 man（男人味）了！他的寸头帅！"

"我们家井柏然穿的什么东西，衬衫领子也太高了，造型师和他有仇吧？"

"哎呀，朱一龙是不是没睡好，怎么看起来没精打采的？"

"李易峰最帅，不枉我喜欢他这么多年。"

"还是我伦最帅啊，站在 C 位，显然是因为人气最旺嘛。"

……

那个喊"我伦"的女生声音尖细，曾思羽老远就听到了，原来，她也喜欢邓伦？听她那样"我伦""我伦"地叫，曾思羽还有些不习惯，好像邓伦是她的了，不免生出一丝醋意来。

因为一张宣传页，教室里热闹非凡，讨论完了男神，又开始讨论一拨最新的娱乐消息。

"听说了吗？赵丽颖和王一博要合作拍电视剧了，官方消息都已经出来了。"

"感觉那个话痨角色让吴磊来演更合适，王一博还是适合高冷一点儿的角色。"

"估计吴磊没档期。"

"现在拍的话，等拍完播出，可能正好是中考过后的暑假吧？耶，可以追剧了！"

……

明明没有时间看任何的电视剧、电影，但大家还是见缝插针地收集一些娱乐信息，让生活多点儿乐趣，也让自己有个盼头。蓝微琦说，这叫画饼充饥。用班主任的话来说，如果同学们把追星追剧的劲头都用在学习上，那学校就可以再增设几个"1班"了。

"那样的话，老师可就不够用了。"有人在底下咕哝了一声，"人家可都是高配。"

班主任一听，气血上涌，但她连连深呼吸，强行把火压了下去。算了算了，带完这届初三再也不当班主任了，校长都同意了的。所以，少发火，身体要紧，班主任在心里默念。

1班享受着全校最好的师资，都是优中选优的：语文老师是特级教师，当选过全市优秀班主任；数学老师由副校长亲自担任，只教他们一个班；英语老师有国外留学经历；物理老师、化学老师都是身兼日常教学和学科竞赛的"老法师"。这样的配置不可复制，真要多几个1班，上哪儿找那么多优秀老师去？

"集万千宠爱于一身的感觉如何？"那天，曾思羽问姚远，"顶级师资配备，让多少人羡慕。"

"你玩过那种发条玩具吗？拧上发条以后就能动起来，可是维持的时间很短，只好不停地拧、不停地拧，拧的人很辛苦，而玩具自身也很疲惫。"他没有正面回答。

也许，他是那个发条玩具？那拧发条的人都有谁呢？

地铁上人来人往，下班时间，几乎人人都挂着一张写满了倦意的脸。大概，每个人都是发条玩具，都在被一双双无形的手拧着旋转、跳跃、发声吧？

"曾思羽！"去上体育课的路上，蓝微琦大声地叫住了她，然后搂过她的肩，朝她耳边吹了一口气，压低了声音问，"前两天在地铁站，我眼前晃过一个人影，应该是你，没错，就是你！你身边那个男生是谁？不是我们班的，是几班的？"

"你看错人了吧？你最近不是说眼镜度数不够，黑板看不清了吗？"曾思羽挽起她的胳膊。"对哦，我妈说了，周末重新带我去配眼镜，也有可能去配 OK 镜，曾思羽，你知道 OK 镜吗？就是硬的隐形眼镜，晚上睡觉的时候戴，一个晚上能恢复视力，这样白天就不用戴眼镜了。我们班很多人都戴。就是戴的时候手不能抖，一抖就掉在地上碎了，几千块钱就打水漂了。"蓝微琦一打开话匣子就停不下来。

初三以来，作业量增多了，但凡近视的同学，度数都噌噌噌往上涨，曾思羽也很担心自己引以为傲的好视力即将不保。那天，姚远还问起她是不是戴 OK 镜了。

她说没有，妈妈从小就特别关注她的身体，情愿牺牲成绩也不愿她整天趴在书桌前写啊写。

"你真幸福。"他感叹了一声，"我妈总说，近视不可怕，以后可以激光治疗，但考高中、考大学却迫在眉睫。"

曾思羽还记得他发出感叹时脸上一闪而过的怅然。

"对了，曾思羽，你还没回答我刚才的问题呢。"蓝微琦说完 OK 镜又把话题绕回来了。

"快，就缺我们两个了，体育老师要发飙了！"曾思羽拽起蓝微琦向前奔去。

耳边是呼呼的风声，前方是同学们在向他们招手。此刻，曾思羽也觉得自己像是那个拧上发条的玩具，除了奔跑，别无选择。

> 黄色的树林里分出两条路
>
> 可惜我不能同时去涉足
>
> 我在那路口久久伫立
>
> 我向着一条路极目望去
>
> 直到它消失在丛林深处
>
> 但我却选择了另外一条路

它荒草萋萋，十分幽寂

——罗伯特·弗罗斯特《未选择的路》

又是一张没有落款的明信片，画面上是一条林荫小道，荒凉的石子路上落着一片半绿半黄的梧桐叶，人迹罕至，似乎连空气都是孤寂的。

李乐迪把信交给曾思羽的时候，挑了挑眉毛："哦？这是第几封了呀？曾思羽，看在我好心帮你拿来的分儿上，透露一下，是谁寄的呗。"

"我也不知道。"曾思羽伸手就把信抓了过来。

"那要不我去调查一下？去比对一下可疑人士的字迹？"李乐迪露出狡黠的笑，"我在心里已经圈定了好几个人选。"

"你这莫不是欲盖弥彰？我怀疑是你寄的。"曾思羽不怒，笑嘻嘻地盯着他，"李乐迪，你就快承认吧。"

"我拿脑袋担保不是我，我才没有那么无——聊——！"李乐迪说完就跑开了，把"无聊"两个字的音拖得特别长，在教室里回荡了许久。

是谁寄来的？当然不会是李乐迪。

但，是谁寄来的已经不重要了，这些时不时会出现在她桌上的明信片就像是秋日里的暖阳，是这萧瑟季节里的一抹光亮。

曾思羽才发了一会儿呆，就被蓝微琦抓去排练了。

艺术节迫在眉睫，但她们的女生小组唱还练得磕磕巴巴的。对此，蓝微琦很不满意。

"就连 1 班都精心准备了节目呢！"蓝微琦话里有话，"人家可没找借口说学习忙，功课紧，没时间排练。"

"1 班的节目是什么？"有人问。

"听说是自己创作的歌曲，要献给母校的。他们不光自己写词、编曲，还自弹自唱，吉他都带到教室里了，天天练着呢。"蓝微琦叹了口气，"唉，就连艺术节上都要被他们虐，真是不给我们留活路啊。"

大家跟着一起叹气，可是叹气不能解决问题。

"咱们多练练呗。至少要保证个整齐度吧？"蓝微琦刺激完了她们，又开始做安抚工作，"然后，我们在服装造型上要出彩，让人眼前一亮。"

"那就全权拜托蓝大人啦。"曾思羽拱手作揖，"您老人家的创意那向来是无敌的！"

"又要死掉好多脑细胞。"蓝微琦仰天长叹,"啊,智商已经不够用了呀!谁借我一点儿?"

作为文艺委员,蓝微琦是绝对合格的,在极短的时间内,她就把服装借来了。其他班的各种行头都是网上买的,用一次就闲置,蓝微琦则动用她妈妈的关系,去区少年宫借来了服装。

当曾思羽她们往舞台上一站,灯光一打时,确实达到了让人眼前一亮的效果。不是什么奇装异服,也没有什么繁复的色彩和搭配,只是一件简简单单白色彼得·潘领子的套头针织衫,下身一条湛蓝的灯芯绒短裤,一双姜黄色的中筒袜到小腿肚,一双白色的球鞋,头发披在肩头,一人一顶蓝色的画家帽。没有化浓妆,只擦了粉底,涂了点儿睫毛膏,抹了点儿腮红,擦了橘色的口红。

"青春洋溢啊!这青春的感觉,怎么说呢,就像烤鸡翅,那香味从骨头缝里飘出来,你们明白我的意思吗?"蓝微琦在后台绕着她们转了几圈,抑制不住地兴奋,两只手不停在胸前摆动着,想寻找更恰当的比喻,却在这一刻只想到了烤鸡翅。

"就是由内而外散发出来的青春呗，遮都遮不住。"罗贝贝提醒她。

"没错，没错，哇，你们简直就是我的杰作！"蓝微琦高兴得恨不得当即就把金奖奖杯颁给她们。

曾思羽看着镜子里的自己，也觉得好看，简简单单、清清爽爽的好看，就像那歌名《蓝短裤》一样。

确实，一上台就感觉到了人群中一束又一束的目光聚焦在她们身上，那么灼热。

我眯着眼睛透过老榕树的叶子看太阳

老榕树它闭着眼睛也知道

有个小孩喜欢躺在草地上

耳朵旁边飞来一只蜜蜂

它生气地告诉我

说我不应该用衣服上的花儿来骗它

......

开头是童声独白，然后是轻柔的女声。她们切换得很好，就像之前练习的那样，甚至比练习的时候发挥得还要好。因为投入，在那么多观众的注视下，谁都无法分心、滥竽充数。大礼堂里出奇地安静，没有喝彩，没有鼓掌，只有静静的聆听。

曾思羽忘了告诉蓝微琦，她很感谢蓝微琦选中了这首歌，也挑中了她，这真是一个芬芳的下午。以后，在很久很久的以后，她都还记得那首歌的每一个词语、每一个句子划过她喉咙时那痒痒酥酥的感觉。

如果没有最后那一摔，一切可以说是完美。

"简直就是天籁之音。我在后台听得都快醉了。"蓝微琦后来时常回忆那一刻，"如果没有那一摔……唉，不说了，那不过是一个小插曲嘛。"

偶尔交叉

"我差点儿以为是你。"曾思羽在地铁站遇到姚远时，他脱口而出，"所以还想着在这里等到你，安慰你两句。"

"你以为那个在舞台上摔跤的是我？"曾思羽用手指点了点自己的鼻尖，马上摇了摇头，"不是我，是我们班的学习委员，一下台就开始哭，哭得上气不接下气。我们安慰了她好久，所以才出来晚了。"

"本来以为是你，不过看你刚才从扶梯上下来，一脸轻松的样子，就知道我看错了。"他习惯性地挠了挠头，不好意思地笑了，"眼神不济，别见怪啊。"

五个女生，个头一般高，穿了一样的服饰，化了一样的妆，好不容易认出来了，队形一变，又跟丢了。别说是同学了，就连亲爹亲妈也容易这样。

那本该是收获鲜花和掌声的时刻，却在谢幕时，站在 C 位的学习委员被舞台中间突然翻翘起来的电线盖子绊了一跤，一个趔趄没站稳，腿一软就跪倒在了舞台上。那"扑通"一声让全场哗然，有同学不嫌事大，还在那儿起哄："哎呀，干吗给我们行那么大的礼呀，平身！"

学习委员强忍住眼泪，重新站了起来，完成了谢幕动作，冲下台就稀里哗啦哭开了，谁来安慰都没用，哭得妆都花了，眼睛也肿了，哭得连平时口齿伶俐的蓝微琦也一时不知该说什么好，双手绞得像麻花，手指都变形了。

"如果是你，你会哭吗？"姚远和她并肩走着，问她。

"我？应该也会，因为真的很糗。"曾思羽笑笑，"你知道的，我们这样的普通人心理素质没有你们 1 班的人强。"

姚远斜眼看了看她，又笑了："我知道你指的是什么。"

是那个原本众人期待的自编自弹自唱的节目《我在崇平的 1000 多个日子》完全糊了，糊得非常彻底，吉他也好，歌唱也好，走音走到爪哇国去了。台下一阵哄笑，但他们心理素质过硬，该飙高音的地方一点儿也不含糊，那叫一个声嘶力竭，就连老师们也都端不住笑场了。

果然 1 班不走寻常路，以这样的方式让全校同学都记住了他们在艺术才能方面的先天不足。

"那几个小子，唱得比我还烂。"姚远扑哧笑了，"没有歌喉，只剩勇气。"

"对了，那个香港男孩和明月的故事，还有下文吗？"进站后，曾思羽问他，"国际邮政的速度那么慢，他们能坚持多久？耐心会被时间磨光吗？"

"他们也会有斗嘴、生气、不理人的时候，你看，就连做笔友都会经历这些，所以同学之间，今天是哥们儿明天是敌人也就不足为奇了。"他笑了，"几年以后，男孩去了英国读书，距离马来西亚更遥远了。信还坚持写着，感情也日益加深。18 岁了，似乎可以谈及爱和未来了。"

　　"不容易。"曾思羽啧啧称赞,"这是一部青春小说?"

　　"不,这是一部人生传奇,不是小说。有机会,我慢慢讲给你听,比电影还精彩的人生传奇,从少年到老年,横跨半个世纪。"

　　姚远还想说什么,他口袋里的电话响了。他掏出来看到来电显示,皱了一下眉头,背过身,接了起来:"嗯,我在路上了,今天出来有点儿晚,好,我知道了。"

　　地铁里没有日夜之分,永远是这般一成不变的光线,晴朗也好,狂风也好,暴雨也好,都丝毫不对地铁里的世界产生半点儿影响。曾思羽抬起手腕,看了眼手表,今天确实有点儿晚了。

　　"本来想今天请你喝奶茶的。"他挂了电话,有些为难地说。

　　"下次吧。"曾思羽笑笑,"下次,我也给你讲个和信有关的故事。"

　　"好啊,一言为定。"他用手做出一个"OK"的手势。

　　那是怎样一个故事呢?和姚远讲的人生传奇比起来,是不是显得太小儿科了?那不过是一本图画书,是在妈妈的书架上偶然翻到的,扉页上还有作家的签名,

据妈妈回忆，她是在书展上偶遇作家举办签售会就随手
买了一本，没想到故事还挺好看，看得她泪水涟涟。

"你妈妈就是这么感性的一个人。"这是爸爸的评价。

感性的妈妈今晚没有回家做饭，曾思羽打开家门时
家里黑漆漆的，厨房里冷锅冷灶，什么吃的都没有。

曾思羽打开冰箱想找点儿吃的填填肚子时，爸爸出
人意料地回家了，手里还拎了个大塑料袋，里面好几个
塑料盒，看着像是吃的。

爸爸下午去拜访客户，之后就直接回家了。感性的
妈妈得知这一消息，兴高采烈去参加读书会了，把"饲
养"曾思羽的任务交给了爸爸，爸爸顺道买了些熟食和
曾思羽将就一顿。

椒麻鸡、酸菜牛仔骨、鲜虾炒饭、腐竹拌西芹，盒
子一个个打开，倒也鲜香诱人。

"爸，你有没有觉得妈妈最近变得怪怪的？"曾思
羽挑了一块椒麻鸡翅问。

"有吗？没觉得。"爸爸饿了，盛了一大碗饭，狼吞
虎咽起来。

曾思羽看着爸爸，他脸上的沟沟壑壑多了，发量倒

是少了，因为长期坐在电脑前、会议桌前，运动不够，身材也日渐发福。

"妈妈最近非常热衷于参加读书会，你说那里会不会有什么风度翩翩的美男子吸引他？"曾思羽好心提醒爸爸，"电视上都是这么演的。"

"你什么时候看的电视？"爸爸问。

"暑假外婆来我们家，她整天看那些婆婆妈妈、家长里短的电视剧，我就跟着瞄了几眼。"曾思羽赶忙解释。

"小羽，难道你爸爸不是风度翩翩的美男子吗？"爸爸昂起下巴，甩了下头发，用他自以为又酷又迷离的眼神看着曾思羽。

"爸，你先低头看看自己的肚子吧。"曾思羽忍不住笑了。

爸爸果真低头看了眼自己的肚子，然后脸色一沉，放下了筷子，嘴角的饭粒还没擦去，就去阳台上的柜子里扒拉出两个蒙了厚厚一层灰的哑铃举起来。

"小羽，等会儿你也来举一会儿，中考体育不是也算分吗？你得好好练练。"爸爸在阳台上喊她。

对于体育进中考这事，虽然很多人叫苦不迭，但曾思羽是举双手双脚赞成的。因为这便有了许多在操场上消耗的闲暇。

班长大人最近得了干眼症，据说前两天上体育课时，他的眼睛一阵发胀，有那么一秒钟觉得眼球即将爆炸，这种感觉持续了一分钟，让他有种山雨欲来风满楼的恐慌感。当天晚上就去挂了急诊，全套检查做下来，医生的结论是用眼过度，轻微干眼症，配了好几种药水，每天滴几次，并反复关照他减少用眼。

"我这才刚开始多刷几套题呢，我的眼睛就背叛了我。唉，学霸难当啊。"班长唉声叹气，然后脱了外套，去操场跑步，"医生特地关照我，要多做户外运动。"

为了引以为戒，不步班长的后尘，有人配了眼药水，每天中午滴几滴，润润发涩的眼睛。有人，比如曾思羽，就尽量利用中午的时间去操场跑步。她想喊几个女生一起去，没人响应，只好孤身前往。

曾思羽绕着操场跑完一圈 400 米，累得够呛，一屁股坐在跑道上大口喘气，有个身影挡住了她眼前的阳光。

"我看见邓伦了。"他说。

什么？她的心扑通扑通跳得厉害。哪里？学校隔壁的洋房？他又来拍戏了？天哪，自己此刻蓬头垢面的样子怎么去见他？曾思羽慌了神，忙用手指理了理自己跑乱了的刘海儿。

"他接了很多代言，电梯里、地铁站、商场橱窗里、电视上、公交车站台，甚至便利店，哪儿哪儿都能看见他。"他很认真地说，"他好像真的很红。"

嗬，原来他说的"看见"和她以为的"看见"不一样。她把悬着的心又放了回去。

"把'好像真的'四个字去掉。"曾思羽抬起头，眯起眼睛，看着他。

"好吧，他很红。"他说完自己都笑了。

有人在一旁喊他："姚远，快来，开始跑圈啦。"

"哎！"他应了一声，拔起腿就跑。

曾思羽把此刻操场上所有的人都数了一遍，包括她自己，一共57个。未来，这57个人将奔赴怎样的前程呢？

此刻，曾思羽坐在砖红色跑道上，在闪闪烁烁的阳光下，对人生的阔大和神奇，生出了一份敬畏之心。

第 06 章

一个陌生女人的到访

我听到和谐的音调，
甘美的平静的天国的声音，
微风给我送来香油树的芳馨。
我看到金色的果实
在绿叶间闪烁迎人，
还有在那边盛开的花儿，
在冬天也不会凋零。
——席勒《憧憬》

换季

一阵秋雨一阵凉。那淅淅沥沥不干不脆的雨似乎是寒冷发出的信号，身体的每个汗毛孔、每根头发丝儿，都感觉到了它的大举进攻，不管不顾，不依不饶。班上陆续有人感冒、发烧，喷嚏声、咳嗽声此起彼伏，班主任给罗贝贝安排了一个任务，负责班级的通风工作，确保门、窗都开着，保证空气流通，否则病菌积聚，更容易交叉感染。但坐在窗口的同学经常趁罗贝贝不注意，偷偷把窗关了，这样自己在课上打瞌睡不容易被冷风吹醒，比如胖驼。

那个外号叫胖驼的男生屡屡抱怨，光学校作业就疲于应付，"丧心病狂"的爸妈还给他布置了很多额外的刷题任务，害他常常熬夜，严重缺觉，只好在学校见缝插针地补觉。

他爸妈到底有多"丧心病狂"？据蓝微琦探听到的情报，假如他不配合刷题，或者刷题质量太差，他爸妈会用羽毛球拍"揍"他，有一次失手打到他的脸，他脸上那道红印子触目惊心，一个月才变淡。在曾思羽看来，胖驼已经算是足够优秀了，总分在班级名列前茅，但显然他爸妈对他的期望值更高，对于他没能进1班始终耿耿于怀，铆足了劲想让他具备与1班抗衡的能力。

不出意料，胖驼在英语课上又睡着了。英语课是下午第一节课，午后的阳光暖融融的，透过窗户打在窗口同学的身上、书桌上，有人嫌刺眼把窗帘拉上了；有人托着下巴眯缝着眼朝向阳光，说是为了补钙；而胖驼在英语老师讲解首字母填空题时睡着了，睡得很香，发出了不规律的呼噜声。

全班同学都无法忽略这呼噜声，纷纷把目光投向了他。他的同桌推了推他，也没能叫醒他，他把脑袋转了个方向继续睡。

英语老师是个微微秃顶的中年人，学识算渊博，脾气也算温和，他放下试卷，笑眯眯地对同学们说："我们要不要做个实验？"

实验？大家你看我，我看你，一脸蒙圈，这小老头是要搞什么花样？

"我喊一、二、三，大家一起鼓掌，要用力，要热情，就像看到一个精彩演出一样，发自内心地喝彩，掌声雷动，一定能把沉睡的同学叫醒。等他醒来一看大家都在鼓掌，抱着从众的心理也会鼓起掌来，大家信不信？"小老头挑了挑眉毛，"皮一下很开心，我们这就开始吧，一、二、三——"

掌声整齐地响起来，许多人铆足了劲，把手拍得啪啪响，还有人趁机拍起了桌子，那声响能把任何一个酣睡的人叫醒。果然，胖驼醒了，他目光呆滞，用手背擦了一把嘴角的口水，环顾四周，大受感染，也兴奋地跟着鼓起掌来，睡饱了有力气，他把手掌拍得啪啪响。

"哈哈哈哈！"

实验成功，全班同学跟着小老头一起笑起来，只有胖驼还蒙在鼓里，不过他不甘示弱，也嘎嘎嘎笑起来，笑得比谁都大声。

"进入初三以来，那是最放松的一节课了。"曾思羽在地铁站遇到姚远，忍不住和他分享了那样一个下午的故事。

"可爱的胖驼。"姚远由衷地赞叹道，"我小学里也有这样的同学，是全班同学的开心果，每次被老师批评了就张大嘴巴，眼神放空，一脸茫然的样子，看起来特别无辜，但实际上他会明知故犯、屡教不改，成绩没法看。尽管这样，他人缘很好，分组做游戏，大家就爱和他一组，因为他是一个行走的表情包和笑话大全。"

"现在班上一定没有这样的人吧？"曾思羽笑了。

"没有，现在班上有的是解题狂人，老师刚在黑板上写下题目，我们还没开始思考，就已经有人举手说这道题有三种解法了，你知道那种智商被碾压的挫败感吗？"姚远苦笑。

曾思羽当然知道，老师们常拿 1 班举例子来激励他们——

"这种低级错误，1 班的人绝对不会犯。"

"你们和 1 班的同学相比，不只在智商上有差距，就连学习习惯也差了一大截。"

"如果你们有1班那样在学习上一争高下的劲头，我还会在这里气得血压飙高吗？"

时间长了，他们也觉得自己在1班面前矮了一个头，输得一点儿脾气也没了，这感觉很糟。

"好吧，那我只好代我们班说声对不起了。"姚远听了曾思羽的诉苦，忍不住笑了，"要不请你喝奶茶赔罪吧，我今天带钱了！"

姚远跟着曾思羽一起下了地铁，朝奶茶铺的方向走去。姚远说，有一款桂花酒酿煮奶茶，味道很浓郁香甜，可以尝尝。光听名字就觉得香味扑鼻，勾起了曾思羽的馋虫。

但奶茶没喝成，因为他们在途经抓娃娃机时停下了脚步。玻璃柜里有了新的娃娃：轻松熊、熊本熊，憨憨的样子让曾思羽喜欢。但她一向手气差，从来没有抓到过。

"我可以帮你抓。我们班女生书包上挂的娃娃都是我帮忙抓到的。"姚远颇为得意。

"你们班一共就四个女生。"曾思羽再次提醒他。

这回，他不申诉本来有五个的，而是从口袋里掏出硬币，塞进投币口，手柄动了起来，他按下操作按钮，专注地开始了抓娃娃行动。

几枚硬币下去，共收获了一只手掌大的轻松熊和一只电话机大小的熊本熊。

"轻松熊给你，我肯定会被市重点高中提前录取，你还要参加中考，祝你轻松应战。"他把轻松熊塞到曾思羽手上。

"这位学霸，你这话可有点儿伤人了。"曾思羽吐吐舌头，把轻松熊的环扣在书包拉链上，然后指指旁边的那个泡泡机，"下次试试看那个，去抽个盲盒。"

"盲盒？那是什么？"他一脸茫然。

曾思羽刚想解释，姚远的手机响了，他面色一沉，接了起来："哦，好的，知道了。"

"我有点儿事得走了，桂花酒酿煮奶茶只好下次了。"他急匆匆地说了再见，又坐了向下的扶梯，冲曾思羽挥挥手。

经过地铁出口的时候，曾思羽看见临近楼梯的广告栏正在撤换广告，工作人员把汽车广告换下，贴上了一张新的钻石海报。

　　"左边低了，向上抬一点儿，对，对，好，不要动。"穿着白衬衫、黑西装的胖男人指挥着张贴的工人。

　　那个穿着短袖短裙细高跟的女明星的旧海报被揉作一团扔在地上，新海报上的女明星穿着粉色的风衣，笑意盈盈，向每个路过的人展示着她手指上那个硕大无比的钻戒。

　　一切都在换季，已经是深秋，冬天整装待发在赶来的路上了。

咨询会

"有多少人和我一样，坐在不足十平方米的空间里，看着书里九万五千公里的绚丽；又或是和我一样，拥有一颗比九万五千公里还辽阔的心，却坐在不足一平方米的椅子上。"

曾思羽在书上读到一位日本作家的这句话，不禁拍了一下大腿："说得通透！"然后唰唰唰写在了摘抄本上。

这是语文老师的要求，每个周末都要在摘抄本上抄一些有用的段落，所谓"有用"，就是在考试时能套用在多个题目下的万金油段落。

"曾思羽，你愿意与我交换摘抄本吗？"那天在地

铁站，姚远突然提议，"一个人的阅读面毕竟是有限的，也许通过共享，我们能更高效地阅读。"

"可是，我读的书也许不够经典，也许你不会喜欢。"曾思羽犹豫了。

"不，我喜欢。"他斩钉截铁。

他这样毫不保留地相信她的阅读审美，这倒让她有些羞于分享自己的摘抄本了，万一他的期待落空了呢？

为了有一天她的摘抄本能以更好的面目呈现在他面前，曾思羽尤为认真地对待每一次的摘抄。

"小羽，好了没？走啦，走啦。"妈妈又在客厅里哇啦哇啦地催着曾思羽。

"马上马上，快了。"曾思羽的手指肌肉加速运作，很快就把摘抄搞定了。

今天要去中山公园参加中考咨询会，班主任再三强调，每个同学都得去，了解一下招生政策，也可以去心仪高中的摊位前向招生老师了解一些情况。

"秋高气爽，阳光透亮，就当是一次秋游吧！"妈妈精神抖擞。

到了咨询现场一看，嗬，好家伙，政策咨询那个摊头里三层外三层挤满了人，据说是考试院负责人亲自坐镇，难怪。妈妈说不凑这个热闹了，政策方面她已经在考试院的微信推文中了解得七七八八了，不如趁这个机会好好逛逛高中摊位。

普通市重点那些摊头也颇受欢迎，一拨人刚走，另一拨人接上，负责老师忙得水也顾不上喝一口。倒是几家凤毛麟角的重点高中的摊头较为清闲，去咨询的人很少。

"这不奇怪，就好像大学招生咨询会，去清华、北大摊头的人也最少，毕竟这样的高校适合金字塔尖上的人，和绝大部分人都没关系。"妈妈为曾思羽释疑。

这样说来倒也是，那几家高中是为 1 班这样的人准备的，和曾思羽他们基本无关联。但曾思羽还是在为数不多的人当中看到了胖驼，以及传闻用羽毛球拍揍他的父母，他爸妈果然对他期望很高，在那里和老师聊了好久，还把宣传资料尽数拿了一遍装在包里。

"小羽，我们去那家问问，据说伙食不错，学校场地也大，体育社团多。"妈妈拉着曾思羽往本区最好但和外区一比还有差距的高中摊位前走。

公园里的银杏叶落得差不多了，铺就了一条金黄色的路，曾思羽忍不住踩在那些树叶上，听皮鞋摩擦树叶发出的松脆响声。

突然，踩到了一块瘪进去的地砖。"哎呀！"她一个趔趄，撞在了迎面而来的路人身上。

"对不起。"她赶忙道歉。

是一个穿着灰色拉链衫的短发阿姨，正目不斜视地往前走。

曾思羽看到，这个心无旁骛朝名校摊位走去的阿姨身边站着的正是姚远。

姚远也看见她了，她想和姚远打招呼。可是奇怪，当她张嘴想喊他名字的时候，他却把眼神移开了，装作不认识一般，把头别过去了。

"怎么了，小羽？"妈妈回头问她。

"哦，没什么。"曾思羽挽起妈妈的胳膊，没了踩落叶的兴致。

去几家目标学校转了一圈，了解了一些基本情况后，她们打算回家了，已近中午，两个人饥肠辘辘。

"嘿，曾思羽！"曾思羽突然听到有人大声地喊她的名字。

原来是罗贝贝，大冷天的，她还光腿穿着红黑格子裙，上身是一件粉红色的套头卫衣，头发高高束起，是篮球啦啦队队员的打扮吧？

她冲曾思羽晃了晃手中的宣传单："这几家学校挺适合我，美容美发专业是我喜欢的，未来努努力，说不定可以当明星造型师。哇，想想就很赞。"

对于不读高中这件事，很多家长和老师是坚决反对的，但罗贝贝说她早就想好了，她应付现在的学习就已经很吃力了，高中不适合她，她想去学点儿手艺，做自己喜欢的事，她爸妈也支持她。说到这儿，她脸上洋溢的笑容甜得能溢出蜜来。

"罗贝贝真是一个可爱的姑娘。"曾思羽妈妈在回家的地铁上感叹道。

"妈妈，你的初中同学现在都做着什么样的工作呢？"曾思羽问。

"有开出租车的、开网店的、搞科研的、当营业员的、做生意的、当老师的、做医生的，分布领域还挺广的吧。"妈妈说。

"妈妈，你不想见见他们吗？外婆打电话来说……"曾思羽小心翼翼地试探。

"不想。"妈妈粗暴地打断了曾思羽。

那冷峻的口气和刚才夸赞罗贝贝时完全两样。

曾思羽默默地不再说话。她拉着扶手，在心里默念那首诗，来自昨天收到的新的明信片，依旧没有署名，依旧是美丽的画面，秋天的庄园里有树有花有果实，一番丰收、热闹的景象。

我听到和谐的音调，

甘美的平静的天国的声音，

微风给我送来

香油树的芳馨。

我看到金色的果实

在绿叶间闪烁迎人，

还有在那边盛开的花儿，

在冬天也不会凋零。

——席勒《憧憬》

中年女子

那天外婆打电话来找妈妈，妈妈不在，外婆就托曾思羽转告，说在街上买菜时遇到了妈妈的初中班主任，班主任很希望妈妈能出席聚会，毕竟大家很多年没见了。

妈妈最后还是没去，那张邀请函早被她扔进了垃圾桶，而聚会那天，妈妈一整天都没出门，穿着睡衣，蓬头垢面，窝在沙发上追了一天的古装仙侠剧，饭也懒得做，连着叫了两顿外卖，中午是泰国菜，晚上是云南菜。

妈妈铁了心要在家里宅上完整的一天，倒垃圾的活儿便落在了曾思羽头上。她拎了满满两大袋干垃圾、湿

垃圾跑去小区指定的垃圾投放点，手都快断了。回到家，看见妈妈已经从沙发上爬起来了，她站在书架前，正翻阅着一本图画书。薄薄一本书，她看得那么专注，身子斜倚在书架上很久很久没有挪动，垂下的发丝都快挡住眼睛了，她也没有用手指把它们勾到耳后。曾思羽走近了，瞥见了那本书的封面。

哦，正是它，一个和信有关的故事，曾思羽答应了要讲给姚远听的故事。

"当加埃东还是个小男孩的时候，每天上学前，都要打开窗户，看看对面的蓝色窗户——他期待对面的女孩能朝他微笑一下，或者说一声'早安''你好'，甚至'讨厌'也好。可是他一直没有等到。他对女孩一无所知，唯一确定的是她家的信箱上写着：六楼，波居夫妇和女儿罗荷。"

隔了很多天，在地铁上又遇到姚远时，曾思羽终于讲起了这个故事。

"然后，加埃东鼓起勇气写了封信，扔进女孩家的信箱？"他问。

"不，那样太随意了。他贴上了邮票，郑重地把信投进了邮筒。可是，那天邮递员来取信的时候，把所有的信都拿走了，唯独没有留意到这封信掉进了水沟。"曾思羽继续说。

"然后……还有然后吗？"他问。

"加埃东的信随着水流，从一条街流到另一条街。一只狗叼起了这封信。可是没走多远，狗就被一辆汽车撞倒在地。一位有洁癖的药剂师走过，看见地上的信，把它捡起来扔到垃圾桶里。清洁工开来垃圾车把垃圾运往焚烧炉。一只红色的蝴蝶停在信上面，一只小鸟衔起了信和蝴蝶。小鸟高高地飞起，飞越地中海的时候，感觉累得飞不动了，就抛下信，蝴蝶也飞走了。信正好掉在一位歌剧演员的鳄鱼皮包里，歌剧演员来到米兰，一场大火烧掉了米兰歌剧院。还好，装着信的鳄鱼皮包在这之前被小偷偷走了。"故事还没完，可曾思羽也像那只小鸟一样累了，她停了下来。

"一封历经磨难的信。"他低着头看着曾思羽，"我最近也在写自荐信给各大高中，希望那些信能顺利到达。"

"你们 1 班的同学也会焦虑吗？你们的烦恼无非是几所牛校都向你们伸出橄榄枝，你们到底该接哪一枝。"

"阴沟里翻船这种事也不是没可能发生。"他耸耸肩，苦笑，"而且，这一定是你们平行班的同学乐意看到的。"

谁说不是呢？但凡有哪个 1 班出身的同学没有考到预期的学校，都会被津津乐道地当成新闻来传述，毕竟被他们压了这么多年抬不起头，如果有途径可以撒口气，简直大快人心！

那天高中咨询会上他驻足停留的学校，他应该都寄了自荐信吧？

"对不起啊，曾思羽，那天……"他局促不安起来，"那天我妈妈在，所以就没和你打招呼。"

哦，原来他也会怕妈妈。

"从小到大，我只要和谁一起玩，和谁一起多说几句话，我妈妈就会追问我，这个小朋友是谁，爸爸妈妈是做什么的，学习成绩怎么样，将来有什么打算，等等，恨不得把人家的前世今生都了解个透。所以我后来学乖了，只要是妈妈和我一起走路，遇到同学，我都装作不认识，免得她一阵盘问，头疼。"姚远解释道，"而且，我也尽量不加同学微信，我妈会翻我手机，查看聊天记录。"

听起来，他妈妈应该是个厉害角色吧？但是看样貌，和大街上多数中年妇女一样，普普通通，身材微微发福，从纤细窈窕慢慢过渡到虎背熊腰，不施粉黛的脸写满了疲惫，目不斜视走自己的路，只挂念心里的事，对周遭的事物都漠不关心。

曾思羽下了地铁，在走回家的路上，忍不住从记忆库里把姚远的妈妈搜索查询了一遍。等到掏出钥匙，看见在家门口立着一个中年女人时，她的心脏差点儿骤停。

"请问，这是谢辰的家吗？"那个女人微微弯了一下腰，不失礼貌，笑容却有些尴尬。

"嗯。"曾思羽犹豫了一下，还是点了点头。她该不会是来推销的吧？一身灰色的熨烫平整的套装，西装里是一件白色带蝴蝶飘带的衬衫，脖颈里一条单颗粉色珍珠项链，头发盘得一丝不苟，妆容也算精致，只是口红稍有点斑驳了。印象中，妈妈没有这样一个同事或朋友啊。

"总算找到她了。"那个女人如释重负，松了一口气。

难道？！

上次还和爸爸开玩笑说，妈妈最近频繁出入读书会，莫不是那里有个英俊潇洒、风度翩翩的男子深深吸引她，难道……根据以往陪外婆看家长里短、儿女情长的电视剧的经验，曾思羽很有把握地认为，眼前这个女子应该是风度翩翩的男子的妻子，她提防丈夫身边所有的适龄女性，所以找上门来，打算给妈妈一个警告？

寒意渐浓的黄昏，曾思羽的额头上密密匝匝地沁出了一层汗。

第 07 章

不堪回首的夏天

用抽屉锁住自己的秘密

在喜爱的书上留下批语

信投进邮箱　默默地站一会儿

风中打量着行人　毫无顾忌

——北岛《日子》

掏心窝子

隔壁班的严伊回校了，但不是复学，她的病还没有好。随同她前来的还有她的妈妈，据蓝微琦说，她妈妈看起来很憔悴，两鬓都是白发。她妈妈帮她办理了休学手续，学习暂停，在家休养。

"她妈妈在校长室哭了。"蓝微琦一改往日的活泼，声音低沉下来，"严伊可一直都是他们全家的希望呢。"

班上的同学大多没有和严伊打过交道，可是此刻，不免兔死狐悲，都跟着伤心难过起来。

"我爸揍我的时候总是振振有词，说什么从小挨揍的小孩脸皮厚、心理承受能力强，长大了不容易抑郁，你们说这是不是歪理？"胖驼打破了沉闷的气氛。

"我比我妈高一个头，她现在不敢揍我了，她怕误伤自己，所以现在她每天就是叨叨叨，摆事实、讲道理，一件事情掰开了、揉碎了讲。我为了清净，已经练就了闭耳神功，她说她的，我想我的事儿。"崔育涵接茬。

"曾思羽，还是你幸福啊，你妈对你那么好。"罗贝贝回头冲曾思羽感叹，"上次在高中咨询会上看见你妈妈，她好漂亮、好温柔哦，我想象不出来她发火会是什么样子。"

总的来说，妈妈确实是漂亮、温柔的，毕竟人到中年又想做少女，发火动怒要不得，平心静气最养颜。但那天曾思羽把那个女人的名片交到妈妈手上时，妈妈扫了一眼，脸色一沉，整个人都暗淡了下来。那一刻，她和无边的夜色融合在一起，没有了神采，没有了鲜亮。

那个女人叫钟蕊，她向曾思羽自我介绍："我是谢辰的初中同学，毕业后再没有她的消息，正巧参加读书会知道有个叫谢辰的人和我同龄，住在这附近，我猜会不会是我的老同学，所以就贸然拜访，唐突了。这是我的名片，请你交给她，如果我认错人了，先在这儿说声对不起，把名片扔了就是。"

接过名片的那一刻，曾思羽悬着的心总算放了下来，还好，和她预想的不一样，没有电视剧那般狗血，是她联想太过丰富了。

妈妈把那张名片捏在手里许久，手心里出了汗，名片都潮了。她站在阳台上，把窗户打开一道缝，冷风飕飕地钻进缝隙，横冲直撞，把客厅茶几上的报纸都吹落到了地上。

妈妈迎着冷风，发丝飞扬，把她的脸都遮住了。

过了好一会儿，她的脸被吹得红彤彤的。她关上窗户，走进客厅，把通往阳台的玻璃门关上，然后把曾思羽叫了过来，一起坐到沙发上："小羽，今天是周五，你也有空，妈妈想和你聊聊，那个夏天，一个女孩的故事。"

于是，在初冬的这个凉意透骨的夜晚，妈妈终于借着一杯普洱茶，带着曾思羽踏上时光列车，回到 31 年前——

14 岁那年的夏天，升初三的暑假，对女孩谢辰来说，永生难忘。

　　那个年头的假期生活是乏善可陈的，没有云游四方的旅行，没有各种主题的夏令营、社会实践，当然也没有补习班和成堆的作业，有的是大把可以任意挥霍的时光，睡懒觉、看电视、去同学家串门、去书店蹭书看，或者索性搬张凳子坐在院子里，抱着半个西瓜，边吃边听树上的蝉鸣。

　　那天，她记得她穿了一条鹅黄色的睡裙，领口是荷叶边的，脚上是同色系的一双塑料拖鞋。她照例捧着半个西瓜坐在院子里的广玉兰树下，刚挖了一勺送进嘴里，就见一个邮递员叔叔在院子门口停下自行车，从邮包里掏出一本杂志和一封信："《现代园艺》最新一期杂志和谢辰的信。"

　　杂志是爸爸订阅的，而信是给谢辰的。信？谢辰有些吃惊，谁会给她写信呢？捧着西瓜的手湿答答的，她在裙子上蹭了蹭，才接过邮递员叔叔递来的信和杂志。

　　她回到房间，把杂志扔在了爸爸的书桌上，去抽屉里找了把剪刀，贴着边把信封剪开，从里面掏出一封信。没错，是写给谢辰的，开头是很正式的问候："谢辰同学，暑假好！"她来不及看信的内容，先翻到了第二页，看了眼署名，呀！她的心跳瞬间加速了，脸上也潮红起来。她环顾四周，没有人，爸妈都去上班了，邻居也没来串门，家里只有她一个人，她把手放在胸口，平复了一下激动又紧张的心情，才把信看完。

是隔壁班的男生葛又轩写来的。葛又轩学习成绩很棒，篮球也打得好，是学校篮球队的主力，每次和外校比赛，都是靠他的超高得分力挽狂澜。很多女生，包括谢辰都是他的粉丝，她们自发组织啦啦队为他的每场比赛加油助威。她从来没想过有一天葛又轩会主动给她写信。她觉得是在做梦。可是她把手指塞进嘴里咬了一口，疼，那就不是做梦。

葛又轩在信里说，其实他很早就已经留意到谢辰了，因为谢辰是众所周知的才女，写得一手好文章，在校报上屡屡读到她的文章，都让他拍案叫绝。而语文是他的弱项，尤其是作文，每次他冥思苦想、抓耳挠腮都不得要领，这是他生平遭遇过的最大的挫折，所以冒昧地写信给谢辰，想向她讨教一番写作技巧，顺便也可以交流一下各自的暑假生活。至于谢辰的地址，是葛又轩好不容易才打听到的，为免牵连他人，他暂时不能告知那人的姓名，还望谢辰谅解。

谢辰当然不会责怪那人泄露了她的地址，她甚至是有些感激的，因为，她人生收到的第一封信来自葛又轩！她把那封信捧在胸口，一个人禁不住笑出声来。等到回过神来，再去院子里的时候，那挖了一口的半个西瓜上，苍蝇飞来飞去，可惜了。

她顾不上西瓜了，回到自己的房间，把抽屉翻了个底朝天也没找到一张好看的信纸，毕竟，她从来没有写过信，自然也就没有买过信纸了。于是，她换了一件西瓜红的连衣裙，穿上凉鞋，去了一趟镇上。那天是 7 月的一个晴朗日子，37 摄氏度的气温，火辣辣的太阳下，她走了好久才到镇上的文化用品商店，挑选了蓝色还带点儿香水味的信纸，顺便把信封和邮票也买了。回到家的时候，身上湿透了，她去冲了个澡，然后吹着电扇的热风，在书桌前，给葛又轩回了一封信。

那封信写了好几遍，写了撕，撕了又写，总觉得不满意，等到一沓信纸都快扯光了，她才把信写完。在信里，她告诉葛又轩，好的写作是从阅读开始的，什么书都可以读，只要是健康的，哪怕是爸爸订阅的园林杂

志，她也会拿过来翻翻，有时能找到一些写作的灵感。有时在院子里发发呆，看看树，看看花，看看天空，看看邻居家那只翻越栅栏闯进来的猫，也会有想要为它们记录些什么的冲动。

"写作，大约就是和人分享你的生活、你的心思、你对世界的认识吧，掏心窝子，真心实意，文字就不会难看。"

女孩谢辰至今还记得 14 岁夏天第一封寄出去的信中的这句话，"掏心窝子"，说的就是她自己吧。

把信寄出去之后，谢辰每天都在期盼邮递员叔叔的身影。他好忙，总是骑着一辆绿色的邮车在几个镇上来回转，谁家有信、报纸、杂志、包裹，全靠他一人来送，忙得像一只被不停抽打的陀螺。

但"陀螺"在这个夏天却时常在谢辰家的院子门口停下。

"谢辰，你的信！"邮递员叔叔把信递给她，笑眯眯地问，"是好朋友写来的吧？字迹很清秀，看起来是个好学生呢。"

"是啊，暑假不能见面，我们就写信。谢谢叔叔！"

　　那是夏天最美的时光，收到一封期待已久的信，听另一个人分享他的暑假生活。他说他和同学打球，为了争一个篮板球，同伴的手指差点戳到他的眼睛；他说他有个宏大的目标，用这个暑假把金庸的武侠小说都看一遍，目前为止，已经看完了《书剑恩仇录》《射雕英雄传》《倚天屠龙记》，下一部准备看《笑傲江湖》；他说他在自习初三的物理，他觉得物理世界太奇妙了，这世上怎么会有这么有趣的学科；他说……

　　从来没有想过会以这样一种方式走进一个男生的世界。

　　她很想与人分享这份喜悦，于是，她告诉了来串门的好朋友——田家妮和钟蕊。她们是从小学一路成长起来的好朋友，无话不谈，她们三个约定了，谁都不可以隐藏秘密。

　　"天哪，隔壁班那个最受欢迎的男生葛又轩给你写信了？快说，他在信里写了什么？是不是说他对你……"她们既羡慕又八卦。

　　"不是啦，他就来问问我怎么提高作文水平。"谢辰羞得满脸通红。

　　她虽然嘴上否认，可是心里又暗暗期待她们的猜测是真的。

　　她又有些担心，开学后在学校里遇见葛又轩的时候，该怎么打招呼呢？写了一个暑假的信，心里觉得很熟了，就像老朋友一样，可是当面遇见，如果表现得很熟络，还是会不自然吧？毕竟从前，他们一句话都没说过呢。

一个玩笑

"妈妈，葛又轩在信里向你请教写作，哈，他居然编了这么个低级借口，你们那个年代的人也太可爱了。"曾思羽忍不住插嘴。

普洱茶凉了，妈妈起身又去厨房泡了一杯新的。杯里的热气慢慢向上蒸腾，看着就暖意洋洋。可是妈妈的眼睛里却还是透着冰冰凉。

"如果说之前的一切都很美好的话，那么接下来的一切就很狗血了。小羽，如果不是亲身经历，我觉得作家都很难编造出来。"妈妈轻轻抿了一口茶，有点儿烫，吹了两口气，又放下了。

曾思羽看着妈妈，她无法想象那会是怎样一个狗血的故事，她看过的电视剧里暂时还没有那样的题材出现，所以，她只能跟紧妈妈，再次回到31年前——

开学了，少女谢辰回到了学校。她有些雀跃，又有些忐忑，她不知道经历了一个暑假的放纵，自己有没有变胖——好像胖了点儿，放假前的裙子穿在身上，腰上的肉被拉链勒出印子了。她练习了很多种和葛又轩打招呼的方式，比如——

"嘿，你的眼睛还好吗？后来没再被戳到吧？"

"金庸全集都看完了？要不要看海明威的《老人与海》？我最近重读，有了新的感触。"

也可以试试这样："那个……下次我物理上有不懂的题目可以来问你吗？"

她不光练习了讲话、表情，甚至把说话时呼吸的节奏都反复练习了。

她很期待在学校里的第一次碰面。也许，她的准备是多余的，不等她打招呼，葛又轩就主动问候她了呢。哦，他会问她什么呢？谢辰又紧张起来，万一自己回答得不自然、磕磕巴巴的，会不会显得很蠢？

天哪，她都不知道该怎么办了。算了，想再多也没用，到时候随机应变吧。

可是开学好几天了都没看到葛又轩。他不会是转学了吧？不应该啊，他在信里压根没提过。看她心神不宁的样子，她的好朋友田家妮和钟蕊自告奋勇帮她去打听。消息很快传来了，葛又轩在开学前一天和同学打篮球的时候不小心左脚骨折了，在人民医院住着呢，再过一个星期才能拄着拐杖来学校上课。

得知消息后的谢辰坐不住了，放学后，她把那本《老人与海》装进书包，一个人步行40分钟才来到人民医院。那时公交车班次太少，常常一个小时才两班，而且还人挤人的。谢辰大多时候都是用脚去丈量周围小小的世界。

她向保安打听，向穿着白大褂的医生打听，向住院病人打听，终于找到了住院部的骨科病区。她一个房间一个房间地找起来，终于找到了葛又轩所在的病房。

病房里有六张病床，但此刻，那五张病床卜都没有人，可能有的去复诊了，有的去上厕所了。只有葛又轩，他躺在病床上。天热，他上身只穿了一件白色背心，他的左脚打着石膏，架在床架上。此刻，他正百无聊赖地把手垫在脑袋后，看着窗外的那棵桑树发呆。

谢辰轻轻地走了进去，脚步轻轻，呼吸也轻轻。

葛又轩见到她应该会喜出望外吧？会很感动吧？

可是，葛又轩很意外，他愣了一下，坐直了身子，问："你找谁？"

我找谁？葛又轩怎么会这么问呢？我来找谁，他这不是明知故问吗？谢辰在那一瞬间有些生气。可是，看到葛又轩发愣的眼神里透露出的疑惑是那样诚实，她有些慌了。

"我，我来看我外婆。"她慌忙找了一个借口。

"哦，你可能走错了，这里是男病房。女病区不在这里，你去护士台问问。"葛又轩把脑袋转向她，很礼貌、很诚恳，却也是很陌生地为她指路。

"啊，谢谢！"谢辰慌忙走了出去，因为着急，一转身差点儿撞到从外面回来的病人那条打着石膏的胳膊上，"对不起，对不起。"

她是那样慌乱，那样狼狈。

葛又轩压根就没认出她。

她书包里的《老人与海》此刻如千斤重，压在她心头，喘不过气来。

那个和她写了一个夏天的信的人究竟是不是葛又轩？当这个问题蹦出来的刹那，她的额头开始冒汗，后背一阵发凉。

如果是他，他为什么会认不出她？如果不是他，那谁又这么无聊，费了这么大的力气来骗她？

妈妈的讲述停在了这里。她轻轻地用手捂着自己的胸口。原来，时隔这么多年，回想起来，心还是会痛。

"难道是一场恶作剧？"曾思羽问。

妈妈点点头，承认了："没错，是恶作剧。"

"谁这么无聊？"曾思羽在气头上，嗓门也拔高了，"骗了你这么久，是和你有多大的仇？"

"田家妮和钟蕊。"妈妈淡淡地吐出了这两个名字。

什么？犹如五雷轰顶，曾思羽不敢相信，怎么会是这两个人，她们不是妈妈最好的朋友吗？

少女谢辰从医院出来后，黯然神伤了一段时间，做什么事都不得劲。后来，是田家妮告诉她，暑假里有一次去钟蕊家里玩，两个人百无聊赖，想出了这么一个恶作剧。她们担心笔迹会被谢辰认出来，所以用一块光明冰砖买通了钟蕊的表弟，让他帮着抄一遍，地址也是用了表弟家的。

"谢辰，我们就是开个玩笑，觉得好玩，你别往心里去啊。"田家妮说。

原来，一个夏天的掏心窝子在别人看来不过是一个玩笑。

原来，在最好的朋友眼里，谢辰是个天真到近乎愚蠢的女孩。

原来，你的伤心难过在别人看来，根本不值得一提。

谢辰病了，得了一场肺炎。那时大人都说肺炎会传染，又是初三这样关键的一年，所以大家既害怕又忙碌，没有人来医院、家里探望她，包括田家妮和钟蕊。

谢辰一直在等，等她们亲口说一句"对不起"，真心实意的对不起，尤其是来自钟蕊的，可是没有。

病好后回学校也没有等到那三个字，她们只是问她身体恢复得怎么样了。

中考过后大家即将各奔东西了，她依然没等到，她们倒还像没事人一样说以后写信保持联系啊。

她们精心策划了这么一个骗局，让谢辰一头栽了进去，她们还当知心好友聆听谢辰讲自己因此而产生的各种微妙心绪；在葛又轩住院后，她们又怂恿她去医院看望他……在她们眼里，这不过是一个小小的玩笑，是啊，是很好笑，她们在背后应该笑过无数次了，笑得眼泪都快喷出来了吧？

毕业以后，谢辰切断了和初中同学的所有联系。

那段青春岁月里包含了一个不堪回首的夏天。

想忘掉，却又忘不掉，在这个夜晚，因为一张名片，又一次想起。

再想起，还是会痛。

曾思羽看见妈妈的脸上滚落了几颗泪珠。茶又凉了，热气不再往外冒了，曾思羽起身去厨房，给妈妈泡了一杯新的。茶叶在滚烫的开水里浸润、舒展着。

那张名片还被妈妈捏在手心里，皱巴巴的。妈妈看了看，然后，"欻欻"两下，撕碎了，扔在了茶几旁的垃圾篓里。

所有的不愉快就在这短暂的开启后再次封存吧。

长到 14 岁的年纪，谁还没有过被捉弄的经历呢？

后来在地铁站遇到姚远，曾思羽问他有没有被同

学捉弄过。姚远不假思索地回答："当然！还不止一次。有一回一个同学'好心'请我们几个哥们儿吃抹茶蛋糕，那天是真饿了，蛋糕做得也真不错，让人食欲大增，于是我一大口咬了下去，狼吞虎咽。可是没想到我同学在里面加了很多芥末，吃得我眼泪、鼻涕横流，他居然还用手机拍下我狼狈的样子，你说他是不是很过分？"

确实很过分哦。姚远说起来依然很激动，可想而知，当时被辣得够呛。可是，他的语气是轻松的，他的眼神是透亮的，他的脸部线条是向上扬起的。

恶作剧可以有很多种形式，唯有真心是不可被愚弄的吧？曾思羽暗自想着。

"曾思羽，你上次说盲盒，我后来向我们班女生讨教了一番，原来盲盒这么有意思。要不，下次你帮我挑一个？"他问。

哦，1班的女生也不是两耳不闻窗外事啊，原来也知道并收集盲盒。

"我劝你不要轻易入坑，太烧钱，有报道称，有人买盲盒花掉了一套房子的钱。"曾思羽吓唬他，"用老师的话来说，这就是典型的玩物丧志！"

"哦，好。"他连连点头，"谨遵教诲。"

下了地铁，曾思羽很快被潮水一般的人流裹挟，快不得，慢不得，以人流的平均速度上了扶梯。她环顾四周，看着那些面色沉郁的中年人，一天的班上下来，一个个都生无可恋的模样，没有了清晨斗志昂扬的气势。

葛又轩。

曾思羽脑海里突然跳出这个名字。

葛又轩如今是一个怎样的中年人呢？依然身材挺拔，打得一手好篮球，还是早已发福，走在地铁里看到张贴的植发广告会多看两眼呢？他是有趣的中年少男还是乏味的油腻大叔？

曾思羽在拥挤不堪的扶梯上想着30多年前那个篮球少年在球场上飒爽的英姿，想得出了神。她无论如何也想不到，此生，她将会以那样一种方式见到31年前让少女谢辰心慌意乱的少年葛又轩。

老天和她开了一个大大的、大大的玩笑。

第 08 章

公交车和地铁永远不会交会

虽然枝条很多，根却只有一条
穿过我青春的所有说谎的日子
我在阳光下抖落我的枝叶和花朵
现在我可以枯萎而进入真理
——叶芝《随时间而来的真理》

起风了

罗贝贝被班主任找去谈心，不是因为她的文言文默写不过关，也不是因为她的作文有抄袭嫌疑，而是因为她的黑板报出得太好看了！在全校的黑板报评比中拿了第一名！

功劳是罗贝贝一个人的，因为从创意到动笔都由她一个人搞定，本来说好要留下来参与的同学一个个都跑了，罗贝贝从下午最后一节自修课开始画，一直画到晚上 8 点才回家。也怪不得任何一个人，毕竟最近作业量实在有点儿大，回到家，吃完饭，一刻不停都要写到 10 点半，那是动作快的同学。动作慢的同学就更别提了，据说有的实在熬不住，9 点半睡觉了，定个闹钟凌晨 3

点爬起来继续写作业。

睡眼惺忪的同学们走进教室时，都被罗贝贝的画惊呆了！完全是宫崎骏动画电影的效果，春日、乡野、森林、山、蒸汽小火车，几个男孩女孩龇牙咧嘴地笑。

"笑吧，开怀地笑吧！"

一行红色的大字出现在画面的正中央，夺人眼球。

和其他班级的"中考倒计时还剩？天""加油干，胜利就在前方""为了理想，拼啊"等宣传语比起来，这个实在是——

"弱爆了。"李乐迪脱口而出，但很快他就感受到了罗贝贝的目光像一把利剑穿越重重障碍扎在了他的胸膛上，他赶忙补充，"但我喜欢，罗贝贝，不就是初三，不就是中考吗？至于天天愁眉苦脸、苦大仇深的样子吗？你这个创意，唤醒了多少麻木的灵魂，不怕你骄傲，我给你满分 100 分！"

"是啊，罗贝贝，你就是整个年级的一股清流，我要给你手动点赞！"蓝微琦把竖起的大拇指举到罗贝贝的鼻子跟前，生怕她看不到。

尽管罗贝贝出的板报受到大家一致好评，但她还是被班主任叫进办公室，表扬的话一笔带过，重点是想提醒她，数学老师说罗贝贝最近几次数学考试成绩不太理想，要好好收收心了。

"我下定决心啦，我不考高中了，我要去读职业类学校。"罗贝贝从办公室出来时，不像其他挨了训的同学那样眼里含着泪，而是脸上挂着笑，从容又自信。

曾思羽很羡慕罗贝贝在这个年纪找到未来奋斗的方向。而他们大多数人都还没想好，只是懵懵懂懂照着父母设计好的道路从重点高中到名牌大学一路走下去，都来不及停下脚步问问自己到底喜欢什么。

"班上有几个同学已经收到了心仪高中抛来的橄榄枝。"在回家的地铁上，姚远不无羡慕地说，"对他们而言，又挺过了一段煎熬的日子。"

"那你呢？"曾思羽问。

"第一批被定下的通常都是大牛，我还算不上。"他自嘲，"我在1班不过是个充数的。"

"过分谦虚了哦。"曾思羽笑他，"在我们这种被1班虐得体无完肤的人面前，请注意你的措辞哦。"

"你想过自己将来做什么吗？"他问。

曾思羽摇摇头,她只知道,眼下的自己,喜欢邓伦,正在为中考拼搏,至于将来,面目模糊,充满了变数,一切都是未知。

"对了,那个香港少年长大以后从事什么工作?"这一刻,曾思羽突然想起那个14岁的少年。

"他?可了不得。那本书,我回家找找,找到了借给你看,如果你还能从百忙的学业中挤出时间来看的话。"他一路紧张的表情终于在这一刻放松了。

"你不催我短时间之内还的话,我总能看完的。"曾思羽很有信心。

姚远把耳机插在手机上,然后给了曾思羽其中一只:"我最近无意中发现郁可唯也唱过《起风了》,不过她只是用了它的曲,重新填词后改名叫《阳台上》。这样说来,这首歌已经有三个版本了。"

曾思羽接过那只耳机,郁可唯的声音顿时填满了她的整个耳朵。

目光曾被你温暖过

才写下许多动容

还来不及翻越

风已吹过我眼眸

你和我一路同行

……

到站了，来不及听完整首歌，曾思羽匆匆把耳机还给姚远，前面有个人不下车，却把车门挡住了，曾思羽赶忙从那个人的胳膊缝隙间挤出一条道："对不起，请让一让。"

车上的人还没完全下来，已经有在黄线内等候的人等不及就上车了，两股人流对冲，曾思羽的书包带子都被挤得滑落了。

有个女人和她擦肩而过，曾思羽用余光瞥了她一眼，觉得眼熟，可是一下子又想不起来那人是谁。

等她回头想要再看一眼的时候，列车已经载着满满当当归家心切的人启动了。姚远被挤到了一个看不见的地方，而那个女人，曾思羽只能看到一个背影。

是哪个同学的妈妈？应该不是，她们通常都热情又八卦，老远看见曾思羽都会跟她打招呼，然后问问曾思羽的学习情况，再趁机打听一下自家孩子的在校情况。

是钟蕊？也不是。虽然曾思羽只见过她一次，但印象中她穿戴整齐、妆容精致，不似刚才那般疲惫。

还能是谁？

算了，不去想了。那有什么重要的呢？眼下最重要的不就是想想怎么提分、提名次吗？无关紧要的东西记不起也罢。

她倒是想起来忘了告诉姚远，她很喜欢他上次推荐的日文版的《起风了》，没有高亢的声线，很平实，虽然她也听不懂歌词，可是那声音似乎有魔力，能让人感受到歌者感情的细腻。在这样一个起风的冬天的傍晚，真正能把人听哭了。

在走出地铁的一刹那，曾思羽张开双臂，想拥抱眼前那一阵风。

"初三真是会让人疯魔。"也许，蓝微琦看到此刻的曾思羽会这么说？

邓伦，你的初三是怎样的？如果有机会见到邓伦，好想，好想问问他。

慈父

"你的公司倒闭了吗？"从校门口出来，曾思羽问爸爸。

这已经是爸爸连着第五天来接她放学了。要知道，自从上初中之后，爸爸就没有来参加过她的家长会、开放日、艺术节、运动会，等等。理由只有一个字——忙。她甚至怀疑爸爸在校园里走一圈，都找不到她的教室，因为他连她在哪个班级都不知道。所以，对于爸爸在校门口的突然出现，曾思羽非但没有惊喜，倒是莫名有一种惊吓。难道爸爸的第一次创业就要以失败告终了？

"怎么会，一切都进入正轨了。"爸爸把曾思羽的书包接过来，背到自己身上，"呀，这么重，小羽，你肩膀怎么吃得消？"

"习惯了。对了，你的车呢？怎么没有开过来？"曾思羽问。

"送去保养了。而且，地铁出行不是很环保吗？"爸爸反问她，"你暑假里不是还专门做了个绿色环保的社会调查吗？爸爸这是在响应宝贝女儿的倡议。"

爸爸突然化身为贴身保镖，曾思羽的确有些奇怪。前几天在校门口乍一看到爸爸，心猛地一沉，还以为家里有什么紧急的事她必须马上知道。

爸爸说家里挺好，那难道是最近新闻里又播出了恶性事件，反社会人格的人又在行凶滋事，搞得全社会人心惶惶？但爸爸说也不是，他只是良心发现，觉得自己愧对家庭和妻女，想重新找回慈父的感觉。

"小羽，你不反对吧？"

爸爸问得好奇怪，曾思羽有什么理由反对呢？只是，他如果提前打个招呼会更好。

从校门口走到地铁站5分钟。下楼、刷卡进站、再下楼、等候列车，5分钟。4站路，10分钟。

"坐地铁确实快，加起来也不过 20 分钟。"出了站，爸爸抬腕看表。

但仅仅是这 20 分钟已经足够引起风暴。

那天做完作业，听了会儿音乐，有点儿难以入睡，在床上翻来覆去数羊时，曾思羽听到爸爸和妈妈在客厅里争执着什么。尽管他们刻意压低了声音，但声音里的焦虑还是没有被压缩下去。

但凡有争执，一定是爸爸做错了，千错万错都是爸爸的错。

有一次爸爸无意中说了个事，他公司的同事在老婆生完孩子半个月之后就独自去美国旅游了。妈妈很生气，直接骂那人人渣，自私、冷酷、无情，这样的人不配有伴侣，更遑论孩子了。爸爸见妈妈情绪如此激动，赶忙表忠心："那是人家，我是做不出来的，我对你、对小羽怎么样，你心里是有数的。"妈妈哪有那么快气消，逮着爸爸不放："你刚才云淡风轻地说这件事，没有表明自己的立场和态度，说明你没有认识到事情的严重性，所以，你必须道歉。"

"好的好的，我道歉，我应该当面斥责他，表明我爱老婆的立场。"爸爸态度端正，及时道歉，"对不起，老婆，你别再生气了，以后这种负能量的事我还是不跟你说了吧。"

爸爸还经常为自己没有做过的事道歉，比如妈妈做梦，梦见爸爸对她冷淡，对别人热情。好了，这下爸爸惨了，睡得正香呢，就被妈妈掐胳膊、掐大腿，直到掐醒为止。爸爸还在迷糊状态中呢，就被妈妈揪着为他在梦中的不当行为道歉。

在能言善辩、无比注重仪式感的妈妈面前，爸爸常表现得像个冤大头。

这回，爸爸又是因为什么惹妈妈生气呢？

曾思羽隐约听到了什么"15岁""关注""担心"之类的字眼，可是无法拼凑成一个完整的句子。她太累了，英语单词、数学公式、古诗文在脑子里打架，大脑疲惫不堪。终于，她沉沉睡去。

爸爸在连着接她放学三个星期后，又回公司埋头加班了。谢天谢地，他的公司没有倒闭，在这三个星期里，曾思羽也对融资、项目、推广、研发有了一星半点的了解。妈妈笑他，这个慈父才当了三个星期就临阵脱逃了，口号喊得震天响，说自己是什么女儿奴，实际行动也就一般般嘛。

"我的公司以后做大做强了，还不是给小羽的？这样她可以少奋斗多少年？"爸爸一脸傲娇，"我这是在为她长远的人生做打算。"

"在你的公司做大做强之前，还是先关心一下她的学习吧，要不要在最后冲刺阶段找个老师给补补数学和英文。"佛系了这么多年的妈妈终于也坐不住了，在考试面前，原有的理念都在慢慢崩塌。

"行，我们都去打听一下吧，钱不用在意，多少我都出。"爸爸拍着胸脯，一副财大气粗的模样。

班里很多同学一进中学就开始在外面大课、小课上起来，在家还上各种网课，妈妈为了曾思羽的身体着想，一直不敢给她加量，但眼看距离中考只有半年了，她终于还是坐不住了。

不光是妈妈，其他家长应该也是吧。

胖驼的爸妈已经在为年后的重点中学自主招生考试做准备，给他报了很多自招班，题目的难度比平时上了好几个台阶。数学、英语的自招卷，曾思羽看都不敢看，因为光是一个语文的自招卷就把她吓跑了，那篇阅读理解的文章，她每个字都认识，但连起来是什么她却看不懂了，因为涉及了文学、历史、社会学、哲学，看得头晕，一道题也不会做。

据说崔育涵在学校附近租了个房子，把路上的时间省下来多刷几张卷子。

最逍遥的还数李乐迪。他爸妈已经在给他申请加拿大的语言学校了，在语言学校上一年，再进入当地的高中。

"曾思羽，你的信。"中午，大家埋头写作业时，李乐迪又跑了趟传达室，拿了些报纸杂志和信件上来。

像往常一样，曾思羽拆开信封，这回，先掉落出来一片树叶，然后才是一张明信片，画面上是金色枯败的落叶和红色落花铺就的一条小路，写满了告别。

虽然枝条很多，根却只有一条
穿过我青春的所有说谎的日子
我在阳光下抖落我的枝叶和花朵
现在我可以枯萎而进入真理
——叶芝《随时间而来的真理》

曾思羽用手指捻起那片随信而来的树叶，它已凋落有些时日了吧，绿色夹杂着黄色已开始发暗，叶面上的泥渍已干透，手指弹了两下，便化为泥灰，撒落在她的试卷上。

好像，已经很久没有遇到姚远了。

曾思羽依然每天坐地铁，没有改变回家的路线，而奇怪的是，竟一次也没再遇到他。

铁盒子

为了鼓舞士气，校长把历年来的优秀毕业生都找来给所有的初三学生加油鼓劲。上下两层的大礼堂座无虚席。

台上学长们的成长路线真是一条完美的曲线，每一步都踏实、规范。他们的名头都很响亮，全是世界名校大学生，他们自信、蓬勃、坚韧。他们大方分享自己求学的经历，才思敏捷，言语风趣，时不时逗得全场学生哈哈大笑；同时也慷慨地介绍了初中阶段的学习经验，比如错题本的重要性、语言学习在背诵之外要厘清其中的逻辑、合理规划时间，总之，认真、刻苦，是学习之路上最重要的品质。

"人们记住的，常常是一个人取得的成就。认真和刻苦这些词，人们通常都是挂在嘴边、写在书上、表现在影视作品中，真正把它当回事的身体力行者，少之又少。这就是世界上真正优秀的人物极少的原因。"坐在曾思羽身边的蓝微琦忍不住发表评论。

"你此刻像个智者。"曾思羽对蓝微琦刮目相看。

"这话不是我说的，是作家叶兆言说的，我在书上看到，觉得特别有道理，就记在摘抄本上了，下次我打算把它写进我的作文里。"

看来，语文老师再三强调的阅读、摘抄确实是有作用的。尽管是鹦鹉学舌，说着别人说过的话，可此刻的蓝微琦还是自带光芒，而且是闪着智慧的光芒。

学长们或是激情四射，或是掏心掏肺，台下的初三生都听得心潮澎湃、信心大增，老师们看到从前的学生出落得如此优秀，纷纷露出了慈父慈母般的微笑。

散场的时候，曾思羽他们正巧和 1 班同学们一起从 3 号出口走出大礼堂，因为 1 班大多是男生，所以经过曾思羽所在班的时候，女生们纷纷有了乌云过境般的体验，一群人高马大者挡住了所有朝向她们的光。

"曾思羽。"有人轻轻叫了她一声。

尽管人群叽叽喳喳，那个声音并不大，但曾思羽还是听出来了，是姚远。

"我现在每天坐公交车回家了。"他奋力从潮水般退场的人群中挤到曾思羽身旁说。

"哦。"曾思羽轻轻地回应了一句。

来不及解释更多，他被人群挤开了，很快就和曾思羽隔开了好几个身位。

公交车和地铁永远不会交会。

1 班和平行班也是如此。

曾思羽和姚远，从来只是两条轨道上的人吧？

曾思羽也是后来才知道，姚远本来就应该坐公交车回家，而不是她想的那样，公交车和地铁都可以成功顺利地把他送回家。

曾思羽别无选择，只能坐地铁。

她从地铁站出来，已无心留意路旁的风景，寒风凛冽，刮得人脑袋都疼。她只想快快地回到家，喝一杯热牛奶，吃上几块曲奇饼干。

到家门口时，曾思羽又一次看见了她——钟蕊。

对，是钟蕊没错。她穿了一件卡其色的羊绒大衣，黑色百褶裙，一双黑色尖头短靴，肩上背的是一只红色菱格羊皮链条包，她的妆容依旧精致，但透着一丝疲惫。

她手里拿着一个一本书大小的蓝色铁盒，曾思羽认出来了，那是饼干盒。怎么，她是来给妈妈送饼干的？是谁说过的，收买一个人的心就要先收买他的胃？

"你和你妈妈长得真像，你妈妈上初中时就是你这般模样，所以上次一见到你，我就知道自己没找错，不过你个头比她高些。"她腾出手，在空中比画了一下。

曾思羽不知该说些什么。自从知道那年夏天发生在少女谢辰身上的事后，她无论如何也无法原谅钟蕊和田家妮。可是真的面对面看见钟蕊了，心里的那份恨意却又如涌来的潮水冲刷沙子一般，瞬间消散了不少。

"我把你的名片交给我妈妈了。"曾思羽说。她把钥匙握在手里，没有开门的意思，更没有要请她进去坐坐的意思。

"她一定把名片扔了对不对？"她笑着问，"我知道她的脾气。"

　　时隔 31 年，她对妈妈的判断依然是正确的。既然都知道，她还来干什么？

　　"我母亲家即将拆迁，我回去收拾东西，无意中看见了这个盒子，就好像打开了一道闸门，那些久远年代里的事扑面而来。活到现在这个年纪，我才看清了当年的自己。"钟蕊把盒子递给曾思羽，"请帮忙转交给你妈妈。"

　　尽管不知道那盒子里装的是什么，但曾思羽还是乖乖地接过了盒子。盒子不重，捧在手上感觉不到多少分量。但既然钟蕊珍藏了这么多年，又辗转带了过来，应该是重要的东西吧？

　　"对了，我的名片，我再给你一张。我还是会等你妈妈的电话。"她打开红色羊皮包，从里面找出一张名片，郑重地交给曾思羽，"谢谢你，我走啦。"

　　等钟蕊转身进了电梯，曾思羽这才缓过神来，她开门进去，开了灯，把蓝色盒子往鞋架上一扔，换上拖鞋，开了空调，上完厕所，重新把鞋架上的盒子拿起来，放到餐桌上。

　　鬼使神差般，她打开了那个盒子。盒子没有锁，钟

蕊也没有交代说别人不许看对不对？所以曾思羽败给了自己的好奇心。

盒子一打就开了。

首先映入眼帘的是一张手写的卡片。

卡片上的字，娟秀、有力。

"谢辰，当年的事，对不起……"

这一句道歉，妈妈足足等了31年……

被卡片盖住的是厚厚的一沓信，信封上的收件人名字都只有一个——葛又轩。

那是妈妈写给葛又轩的信。

信的封条都被撕开了，每一封都被阅读过。只是，拆信的人不是葛又轩。

曾思羽轻轻地把卡片放了回去，小心地盖上盖子，走到妈妈的房间，把这个生了锈的蓝色饼干盒放在了妈妈的梳妆台上。

第 09 章

六月金色的阳光下

你的信我已收到，而鸟

和枫树，却不知你已在途中——

直到我宣告，他们的脸涨得多红啊——

可是，请原谅，你留下

让我涂抹色彩的所有那些山山岭岭——

却没有适当的紫红可用

你都带走了，一点不剩

——狄金森《亲爱的三月》

爱心义卖

梧桐树上仅剩的枯叶在风中颤抖着，感觉下一秒就会凋落。风灌进脖子里，浑身就会起一阵鸡皮疙瘩，忍不住跺起脚来取暖。阳光透过窗棂洒在课桌上，那一枚枚跳跃的光斑，像是一块块闪亮的金币。曾思羽趴在课桌上，在阳光下，才眯了一会儿，就被蓝微琦叫醒："曾思羽，篮球场上正在搞新年义卖，要不要下去转转？"

"不去，我想睡觉。"曾思羽换了个方向，继续趴下。

大中午的，难得不用去老师办公室背诵，难得有大太阳，不趁机补补觉、补补钙，实在说不过去啊。

"我先下去，你等会儿下来吧，说不定能捡漏呢。"蓝微琦兴冲冲地出了教室下楼去。

校长大人喜欢做慈善，每年的元旦过后和六月，都会在学校举办爱心义卖活动，卖品都是学生从家里带来的，义卖所得款项都捐赠给对口山区学校，用来建设他们的图书馆。蓝微琦说的捡漏指经常能在义卖会上以超低价买到心仪的商品，比如李乐迪曾经以50块钱买进原价500元的手办模型，胖驼以30元的价格买到学霸学长的数学笔记，崔育涵以40元的价格买到全新的真丝围巾当作生日礼物送给他妈妈，蓝微琦则多半用零碎小钱买了一堆吊牌都没拆的发饰、手链等。坦白说，那些东西买回去大多也是放在家里积灰，可是他们在买到的一霎那是欢喜的，这份欢喜在紧张的初三生活里是多么难得。

陆续有同学上楼来，分享他们今天的收获，有玩偶、有画册、有饰品，一个个交流展示，好不开心。曾思羽的困意全没了，蠢蠢欲动，忍不住从书包里拿出钱也下楼去了。

操场上人头攒动，挤挤挨挨，午后的微风和暖洋洋的阳光是最好的滤镜吧，衬得每个人都神采奕奕的。

曾思羽直奔本班的摊位，罗贝贝和宣传委员作为工作人员正在卖力地吆喝："走过路过不要错过，这里的好东西真不少啊，这里的价格真便宜啊，你不来，是你的损失，你来了不买，是我的错。"也不知道是从哪里学来的一套，节奏感、呼吸、音量都把握得恰到好处，还真吸引了不少人驻足。原本摆放得满满当当的摊位上卖品已经所剩无几了，看来今年的收成还不错，又将位居年级前列了。

"哎，曾思羽，你来了，你捐赠的那个盲盒刚被人买走。"罗贝贝一见曾思羽，忙不迭地邀功，"你不肯低价贱卖，我可是费了老鼻子劲才推销出去哦。"

"算了吧，刚才那人根本没还价，掏钱那叫一个爽快。"宣传委员拆穿她。

"我是说，前面很多来询价的，我费了好大劲都没推销出去，后来还是那位有缘人识货啊。"罗贝贝忙为自己辩解。

"喏，就是那个人，一来就看上你的盲盒了。"宣传委员指给曾思羽看，"高高的，校服脱了系在腰间的那个男生。"

曾思羽循着宣传委员的手指看去，他没有在其他摊位前逗留，手里捧着盲盒径直向教学楼走去，目不斜视。

哦，姚远。

那个盲盒，没想到最终是被他买去了。那个穿着衬衫、马甲，系着领带，戴着眼镜的男孩，曾思羽一看到，就觉得他和姚远是如此神似，简直就是他的缩小版。如今被他买去，也算是找到了最合适的主人吧。

"我记得，去年，好像也是他，买走了你的那本诗集。"罗贝贝一拍脑袋，想起什么似的，"你那本诗集定价那么高，我本来都做好准备滞销了，没想到快收摊的时候，被那个不开眼的人买走了，哈哈哈。"

"罗贝贝，你记性也太好了吧？"宣传委员惊叹。

"那当然！我跟你讲，我记人特别厉害，你跟我说一个当红演员的名字，我就能告诉你，他出演过哪部电视剧，他在剧中扮演的人物叫什么名字。"罗贝贝撸起袖子，摩拳擦掌，"来吧，快考我。"

宣传委员随口说了一个当红小生的名字，罗贝贝果真吧啦吧啦报出了一连串的电视剧名字，让人目瞪口呆，她这过目不忘的本领如果能用到学习上，她还不得

被 1 班收了去，跻身为第五个女生？

去年 6 月的义卖活动，是曾思羽和罗贝贝一起设摊吆喝的。

曾思羽在自己喜欢的一本诗集上贴了一张价格标签：30 元。很多人嫌贵，他们情愿去买 2 元的钥匙串、3 元的小本子、5 元的玩偶。那些人杀起价来真够狠的，直接问："5 元卖不卖？""6 元，我最多出 6 元，二手书不都是地板价吗？"碰到这样的，曾思羽直接摇头，也不多说，她不想贱卖任何一件她喜欢的义卖品，只想为它寻找真正的主人。

她倒是记得罗贝贝当时还取笑她："到收摊了还卖不掉，按照校长大人定的规矩，你就只能自己买进了哦，30 元准备好没？我等会儿来向你收。"

她记不清买主长什么样了，只依稀记得是个男生，1 班的男生。

"这本诗集你读完了吗？"义卖市集快结束时，曾思羽的诗集终于有人问津。一个戴眼镜的男生拿起来认真地翻看着。

是刚刷完竞赛题匆匆而来的 1 班的同学，其他班的人早就买完上楼了，操场上目之所及都是 1 班的，男多女少，太好辨认了。物美价廉的货物早被选走，他们的选择余地很小。

"我读完了，每天坐地铁时翻几页。"曾思羽努力地想着推销辞令，"读到一首好诗，一天的心情都会变好。"

"你每天坐几号线？"他抬起头，镜片后面的眼睛带着些笑意看着她。

"12 号线。"她说。

那本诗集就这样被他买走了，没有还价，非常爽快。

此刻，曾思羽还记得那本诗集里有她喜欢的一首诗，狄金森的《亲爱的三月》——

······

你的信我已收到，而鸟

和枫树，却不知你已在途中——

直到我宣告，他们的脸涨得多红啊——

可是，请原谅，你留下

让我涂抹色彩的所有那些山山岭岭——

却没有适当的紫红可用

你都带走了，一点不剩

......

她忘了买走诗集的那个人的模样，她也忘了，在诗集的封三上，她用铅笔写下的一行字——曾思羽，购于美丽园书城。

原来，在6月金色的阳光下，买走诗集的是姚远。

姚远，她喜欢这个名字，"遥远"这个词，总让她想到远方、未来，那里也许有高山、大海、冰川、银河、草甸……可以让人尽情憧憬一切美好。

她又一次走进12号线入口，顺着人流安检、刷卡。大冬天，大家都穿得鼓鼓囊囊的，地铁站里变得更拥挤了。

"曾思羽！"恍惚间，她听见有人叫她。

已经很久没有在地铁站遇到熟人了。

她回头一看，是蓝微琦。蓝微琦正在安检队伍的尾巴上拼命向她招手。

曾思羽站在楼梯拐角处，等蓝微琦过了安检，刷了卡进站，一起下扶梯。

"我妈给我找了个语文老师，专门负责给人中考提分，你要不要一起？ 12号线坐四站就到了。"蓝微琦问。

四站？那倒是离曾思羽家不远。

班里许多同学都在外面补课，有的去机构，有的去名师家。名师难求，很多人都会视其为紧缺资源，不太乐意和同学分享，但蓝微琦从不，她心里藏不住秘密。

蓝微琦一路叨叨那个老师有多厉害，在短时间内帮人提10多分，听得曾思羽都有些心动了。下车后，蓝微琦拉着曾思羽说不妨先去喝杯热奶茶暖暖身子，去老师家时间还早。

上自动扶梯时，曾思羽被人不小心推了一把，她一个趔趄，身子一歪，书包被扶梯磕了一下，她听到有个东西掉了，忙把书包拿到胸前一看。糟糕，拉链上挂着的轻松熊不见了。

上来后，她对蓝微琦说："你等我，我下去一趟，我有东西掉了。"

蓝微琦不由分说，跟着她一起下楼，并且火眼金睛，帮她找回了那个卡在夹缝里动弹不得的轻松熊。她献宝似的交给曾思羽："快夸我身手敏捷！对了，这个小玩意儿对你很重要吗？看你刚才那个紧张样哦。"

"这个小熊寓意考试轻松，你说能不能丢？"曾思羽反问她。

"真的管用？那要不我也去搞一个？和你的同款不同色怎么样？"蓝微琦笑嘻嘻地搂过曾思羽的脖子。

曾思羽把蓝微琦带到了那家蓝色地中海风格的奶茶铺前，为了表示感谢，今天必须得是她买单，她让蓝微琦不用考虑价格，挑自己最喜欢的。

"我要烤榴梿煮奶茶。"

果真是蓝微琦，就连一杯奶茶都是重口味的。

"我要桂花酒酿煮奶茶。"曾思羽对店员姐姐说。

"对不起啊，这个已经不卖了，你知道的，桂花是秋天特供产品，现在已经是冬天啦。"店员姐姐抱歉地说道。

哦，原来已经下市了。

"那我就要……"曾思羽看了眼产品目录，"金骏眉煮奶茶。"

一人一杯热奶茶，连着喝了几口下去，胃里一阵温暖，那暖又很快传遍全身。

"曾思羽，再见！"出了地铁口，蓝微琦向相反的方向走去，临别前，冲她晃动了一下手中的奶茶，"下次我请你。"

依稀记得也曾有人对她这样说过吧？

好像已经是很久很久以前的事了，那时，他们还没穿上冬装，那时中考倒计时的牌子还没在校门口挂上。

在这个寒风瑟瑟的冬日黄昏，曾思羽想起那个也许是随口一句玩笑话的承诺。

一笑泯恩仇

邓伦又拍了几部新剧，参加了几个新的综艺节目，曾思羽把名字记下了，等中考过后的暑假，要把它们一部一部都看过来。

"等考完了，我妈说带我去欧洲旅行半个月。"

"我想睡上三天三夜，来补这一年缺的觉。"

"我想学街舞。"

"我想把收藏夹里的电影都看一遍。"

"我，什么也不想干，就想看天、看云、看花、看书，发呆。"

……

在距离中考还有四个多月的时候，大家已经迫不及待地畅想暑假了。

"曾思羽，你看看我，有没有觉得我最近屁股变大了？"蓝微琦下了课，拦住曾思羽，在她面前转了一圈，问了个很奇怪的问题。

"我眼拙，没看出来。"曾思羽用力拍了一下她的肉屁股说。

"这半年多来，功课多了，每天回家基本就被钉在书桌前，长时间不运动，屁股越来越大，难看死了。"蓝微琦懊恼地说。

这边蓝微琦在发愁她越来越宽的身材，那边崔育涵在控诉他妈妈的暴政——"我现在就连上厕所都被限定时间，小便一分半钟，大便不超过五分钟，省下所有能省的时间，要么刷题，要么睡觉。"

"万一便秘怎么办？"有人追问，"用开塞露吗？"

听不下去了，这马上要吃午饭了，耳朵得自动屏蔽屎尿屁的话题。曾思羽默默走开，回到自己的座位上。

"曾思羽，最近怎么没有你的信了？"李乐迪经过曾思羽座位旁，问道。

曾思羽耸耸肩，就当作是回答了。

也许，是谁无聊和她开的一个玩笑呢？就像少女谢辰在那年夏天收到的信一样。

铁盒子交给妈妈后，据爸爸说，那晚妈妈迟迟未睡，他半夜起来上厕所，看见妈妈披着外套站在窗前的月光下发呆，愣是把他吓了一跳。

"那个铁盒子里装了什么？"爸爸把面包切开，在里面夹了一块黄油，递给曾思羽，"你妈这几天有事没事就捧着。"

"爸，你就没想过趁妈妈不注意的时候悄悄把铁盒打开？"曾思羽咬了一口面包，说，"也许是妈妈请私家侦探调查你，里面都是收集来的证据。你早点儿看到，想想应对之策。"

"小羽，你这发散性思维……"爸爸用叉子敲了一下她的脑袋，"又是跟着外婆看电视积累的经验？我确实好奇，但我不敢打开啊，万一被你妈妈发现，我……"

为了保住小命，爸爸这些年练就了一身求生本领，原则就是——老婆永远是对的，老婆可以有隐私老公不能有，老婆生气的时候老公要第一时间哄，老公生气的话……不，老公是不能生气的！

"你妈妈最在意别人的态度，你只要态度诚恳认个错，道个歉，这个事就翻篇了。"这是爸爸和妈妈在一起多年后总结出来的生存之道，大方地和曾思羽分享。

铁盒子里的那句"对不起"妈妈应该已经看到了，那么31年前的那个玩笑，可以翻篇了吗？

"哟，刚推送的一个新闻，说一个网络作家在家心脏病发作猝死，家人外出旅游十天后回来才发现。"爸爸一边吃着面包一边刷手机新闻，连连发出感叹，"居然和我同龄，已经不止一次看到这个年纪的人突然离世了。小羽啊，你可得对你爸好一点儿，你就一个亲爹。"

"爸，你就多看点儿正能量的东西吧，一大早的，别影响了心情。"曾思羽给爸爸倒了一杯牛奶，"来来来，补补身子，先定个小目标，活到99岁吧。"

也就是周末的清晨，曾思羽才有时间和心情和爸爸在餐桌上腻歪一会儿，如果是平时，那简直就是争分夺秒，就连袜子、鞋子都是妈妈趁她吃早饭的时间给她穿的。

"我也看到了这个推送。"妈妈洗完脸，拿着手机走到餐桌前。突然，她的脸色煞白，她的手指在屏幕上来来回回地移动，眼角闪过一丝错愕。

她瘫坐在椅子上，一言不发。又过了一会儿，牛奶凉了，烤箱里拿出来的面包都软塌塌的了。她站起来，回到房间，又去打开铁盒子，找出那张钟蕊留下的名片，拨通了那个电话……

一个星期后。

妈妈让曾思羽陪她去一个地方，离家不远，坐公交车两站地就到了。曾思羽听说过那个地方，是用沿街的老房子改造的一个小展馆，因为那条马路有着百年历史和文化，所以小展馆里长期展出有关这条马路的资料和照片，也辟出了一块地方开开读书会、喝喝茶。

上了公交车，妈妈才告诉曾思羽，等会儿她们要去参加的不是读书会，而是葛又轩的追思会。

追思会？

没错，那个生前没太出名但因为猝死一下子进入大众视线的网络作家就是葛又轩。他一直用笔名发表作品，写玄幻、财经、穿越之类的小说，那恰好是妈妈并不十分感兴趣的领域，所以她很少阅读。她是在微信推送的那篇报道中看到了葛又轩青年时期的照片才发现的。倘若是中年的葛又轩走到她面前，她也认不出了，身材发福、微微秃顶，和少年时气宇轩昂的他判若两人。

初中毕业30年了，记忆里的画面逐渐模糊，每每想起，都会叠加一层又一层滤镜，只剩各种美好。妈妈说起他的时候，脸上是无尽的温柔，蒙了一层少女的害羞和崇拜。

"没想到会以这样的方式和他再次相逢。"妈妈牵着曾思羽的手下了车，穿过马路，来到那个小小的玻璃门展馆。

追思会现场，像个小型的读书会，有他的忠实读者，有他的文学圈好友，也有他的至亲。一群人围坐在一起，就着一壶壶红茶，聊他短暂却不失精彩的一生。

曾思羽看到了钟蕊，她今天一身黑色的大衣、裙子、靴子，没有化妆，素面朝天，寡淡中依然有一份安静的美。

钟蕊看见了曾思羽，她冲曾思羽微微点头。她也看见曾思羽身旁的妈妈了，她的眼中有一丝慌乱，但很快又镇定下来，只是时不时地，曾思羽感觉有一束目光向

这边投来。

"我对葛又轩的认识始终停留在初中，全校有多少女生看见他会脸红心跳啊，包括我，他每次参加篮球比赛，各个年级、各个班级的女生都会自发为他组啦啦队。他那么耀眼，就像是一轮小太阳，照亮了多少人的青春。没想到，他还热爱文学，成了作家，可能因为他篮球打得太好的缘故，我一直对他有个错误的认识，以为他写作超烂。我那时自认是个才女，好期待葛又轩来向我讨教写作技巧……"

主持人把话筒交给妈妈，妈妈想到什么说什么，心直口快，人们一下子被逗乐了，刚才凝重的气氛得到了缓解。接下来的发言便轻松许多，有人爆料葛又轩写着写着没灵感时，喜欢抱着电脑去快餐店，看来来往往的人，听他们讲话；有人说葛又轩有强迫症，每隔一个月都要换一个手机壳；有人说葛又轩喜欢爬山，但更喜欢借助坐缆车的方式爬山；有人说葛又轩的异性缘特别好，因为他待人很友善，是个十足的暖男……

就像是一幅拼图，曾思羽在那些人的发言中慢慢拼凑出了一个葛又轩，一个生动的、真实的葛又轩。

一个下午就这样过去了。人们纷纷起身、离场，和葛又轩的太太拥抱、告别。葛又轩的太太穿着黑色的羊毛连衣裙，头发微卷，垂在胸前，脸色素净，眼神疲倦但明亮。曾思羽能想象得出，她少年时一定是个清秀的、俏皮的女孩。

妈妈却不着急，她等人们一个个推开玻璃门离去了，才慢慢走到葛又轩太太的身旁，给了她一个深深的久久的拥抱："田家妮，好久不见。"

"谢辰，很高兴你能来。"葛又轩太太眼眶湿润了，她也紧紧地搂住了妈妈。

田家妮？那不是妈妈的初中闺密吗？就是那个和钟蕊一起在百无聊赖的夏日冒充葛又轩给妈妈写信的田家妮？她后来成了葛又轩的太太？

曾思羽捂住了自己的嘴，简直不敢相信。陪外婆看过许多的电视剧，一直觉得编剧脑洞太大，什么都敢编，没想到生活更是一出无法预料开头、经过、结局的戏。

推开玻璃门，置身于阳光下，整个人被晒得暖烘烘的。妈妈牵过曾思羽的手，在路口等绿灯时，一辆白

色的奥迪在她们跟前停下，司机摇下车窗，问："谢辰，要不要送你们回家？"

是钟蕊。

"不用啦，很近，我们打算晒着太阳，一路走回家。"妈妈冲她摆摆手，微微笑着。

"那，我先走了，再见！"钟蕊挥挥手。

汽车很快消失在她们的视线中，妈妈紧绷的嘴角慢慢放松下来。

"一笑泯恩仇"，此刻，曾思羽脑海里突然蹦出这五个字。

妈妈牵着曾思羽，走过路口，走在树叶落尽、光秃秃的梧桐树下，阳光没有任何遮挡，毫不费力地洒在她们身上。

"小羽，最近放学路上，你还遇到那个男孩吗？"走在人行道外侧的妈妈冷不丁地问道。

第 10 章

寄给与我相同的灵魂

你我相逢在黑夜的海上，
你有你的，我有我的，方向；
你记得也好，
最好你忘掉，
在这交会时互放的光亮！
——徐志摩《偶然》

喜报

"他的妈妈找到我，气急败坏的样子吓我一跳。她说，她儿子本来只需要坐 20 分钟公交车就可以到家。但不知从哪一天开始，却花一个半小时才到家。原来，他为了接近某位同学，坐了不必坐的地铁。她的儿子马上要参加自主招生考试了，多少名校等着录取他，他怎么可以分心呢？她只担心她的儿子，其实我更担心我的女儿呢，我的女儿这么棒。"

妈妈没有看曾思羽，只是自顾自看着前面的路。

曾思羽当然知道妈妈嘴里的"他"是谁。感觉已经是很久以前发生的事了，妈妈居然可以憋到现在才说。

许多许多的场景片段在曾思羽的脑海里不断闪回。

有一回下了地铁，她依稀见到一个熟悉的中年妇女的身影，那个人是他的妈妈吧？好像就是从那回之后，就再没有在地铁站偶遇过姚远。

也就是在那之后，日理万机忙得不可开交的爸爸破天荒地接她放学，还嘀咕着地铁真快，全部时间加起来不过短短 20 分钟。

再往前，曾思羽那次在小别墅前蹲守邓伦没成，离开的时候是在公交车站遇到的姚远吧？公交车才能把他直接带回家，而不是 12 号线地铁吧？

那个金色的 6 月，他买走诗集的那个下午，他无意中问过她，每天坐几号线，她告诉他，12 号线。

……

"小羽，你有他电话号码吗？"妈妈问。

"没有。"

"你加他微信了吗？"妈妈接着问。

"没有。"

"那你们……只是在地铁站偶遇然后一路同行对吗？"妈妈斟酌了一番问。

"是。"

"让我猜猜，你们会聊些什么呢？读过的书？班上的同学？未来想考的学校？"

这些疑问应该在妈妈心里盘旋已久，终究还是问了出来。

"妈妈，你怎么知道？"曾思羽一惊。

"小羽，妈妈也有过 15 岁。"妈妈从大衣口袋里伸出手，摸了摸她的头。

妈妈的手有点儿凉。

曾思羽鼻子一酸，这股酸劲来得太突然、太猛烈。她抬头，眯起眼朝着太阳的方向，想让眼眶里的水分尽快干涸。

好像在某个夜晚，听到妈妈和爸爸小声争执时，也提到过"15 岁"的字眼。原来，看似云淡风轻的妈妈也有过焦虑失眠的时刻。

"妈妈，你为什么不像其他妈妈那样逼我刻苦、发愤，报考名校，成为万里挑一的人？"走过一条自从改为单行道后格外幽静的马路后，曾思羽问。

细细想来，妈妈非但不拿鞭子抽打曾思羽让她往前跑得更快，反而经常是那个拖后腿的人。比如，老师布置的笔头作业一多，曾思羽没法在妈妈规定的 10 点之前上床，妈妈就会代她完成一些机械性的抄写作业，为了模仿曾思羽的笔迹，妈妈花了好一番功夫。但凡要查阅资料搜集素材才能完成的作业，妈妈通常也代劳了。她总说，健康比一切都重要，学习是一辈子的事情，而长身体，也就这几年。

所以，在班里同学抱怨父母严苛、不近人情时，曾思羽总无法与他们产生共鸣。

"爱有很多种表达方式，我用我的，别人用别人的，我的未必就是对的，很有可能还是错的，可在当下，我只想这样好好爱你。"在红灯前，妈妈站定了，捧起曾思羽的脸，"抱歉，小羽，我并没有更多当妈妈的经验，你是我唯一的孩子。"

曾思羽个头早已经高过妈妈了，可是妈妈还总像幼时那样对她。

在这样一个寒风凛冽的冬日，她们在街头说着爱，似有一股吃过火锅后的暖流从曾思羽的心尖一路传送到脚上。

那次对话好似一针强心剂，注入曾思羽的体内，突然就生出了许多的能量，助她一臂之力，让她在接下来的几次模拟考试中取得了不俗的成绩和排名。

"曾思羽好像开窍了，其他沉睡的人呢？你们也该醒醒啦！"班主任在表扬曾思羽的同时也没忘了鞭策一下剩下的落后分子。

一下课，就有许多人围着曾思羽，问她最近成绩突飞猛进是不是去找名师一对一补课了，一对一的价格水涨船高，高得令人咂舌，她爸妈可真舍得下血本。蓝微琦很希望曾思羽把老师介绍给她，她妈妈出手大方，多高的价格都可以承受，只要能提分就好。

曾思羽有些为难，她要是告诉同学们，她没有找名师，人家会不会以为她小气，藏着掖着不愿和同学分享，怕他们超过她？可这真的是事实，她没有找名师，因为任何一个名师都不如自己爹妈了解她。

妈妈废寝忘食帮她整理错题本，再买回各种教辅，帮她找出相对应的薄弱点后做几道题加强巩固；爸爸也会在公司吃过午饭后，把历年来的数理化真题卷拿来研究一番，找到出题老师的思路，回家帮她梳理；妈妈帮她做了中考英语词汇卡片，陪她跑步锻炼身体的时候和她一起背单词，背熟一个划掉一个；爸爸用理科思维帮她整理文言文虚词实词的记忆诀窍……

"小羽，你从来就不是一个人在战斗，我们都是你的队友。最后几个月，我们一起努力，至于结果如何，没那么重要。"妈妈每每在她困了乏了眼皮打架的时候安慰她。

"让你们家长直接问我妈妈不就得了。"曾思羽打太极，把难题抛给了妈妈。

围观人群散去，蓝微琦拉着她去楼下看今天刚张贴的红榜。

"听说 1 班今年的预录名单再创新高，这会儿校长大人估计在办公室偷着乐吧。"蓝微琦掌握信息的触角很灵敏。

很快，她们到了校门内侧的海报栏，果真有一张红色的醒目的海报张贴在那儿，路过的人想不看见它都难。"喜报"两个字尤为突出，加粗加大。

名单很长，除了 1 班的同学名单，还有平行班的尖子。曾思羽上下扫了一眼，很快，找到了姚远的名字，紧跟在他名字后面的，是全市第一、众人趋之若鹜的高中的名字。他果真厉害，曾思羽在心里不由得赞叹。那所学校是曾思羽从来不敢奢望的，她只有抬头仰望的份儿。

"啧啧啧，我就是 24 小时不睡觉拼命刷题也追不上他们。"蓝微琦感叹，"不过算了，总有适合我的一所学校，我不会成为失学大儿童的！"

曾思羽瞥见喜报旁边张贴了一张校报，校报上印了一首诗。是徐志摩的《偶然》——

你我相逢在黑夜的海上，

你有你的，我有我的，方向；

你记得也好，

最好你忘掉，

在这交会时互放的光亮！

在文学鉴赏课上初读这首诗时，便被这几句打动，后来每每再见、再读，还是会心生涟漪。曾思羽也说不清为何诗歌短小，却有那般魅力，每一个字从唇齿间弹出，便开始了飞翔，在空中、在心上留下一道飞行轨迹。

现在，你会有多一点儿的时间读诗了吧？那本诗集那么厚，你最喜欢哪一首呢？

如果见到姚远，好想问问他呢。

牛仔很忙

　　胖驼总算如愿以偿，被本区位列第一的市重点预录取。本来他想去冲更好的学校，但他外婆最近重病住院，他妈妈在医院、家、公司之间几头跑，心力交瘁，想着早签早解脱，拿到协议后便劝他签了，这样中考只要考到一个相对低的分数就能稳进这所中学了，全家人都可以提前松口气。

　　"说松口气，其实并没有。"胖驼哀叹一声，"我妈又给我报了新高一的课程，说是完美对接，免得到了新学校，被虐得满地找牙。"

　　众人想同情他，却又同情不起来，毕竟他已经拿到了预录取，而更多的人还得为中考苦苦奋战。

李乐迪说，他可能要提前和大家告别了，因为加拿大那边的语言学校通知书来了，他得准备准备收拾行李滚蛋了。

"滚出你们的视线，但一定不会滚出你们的记忆。相信你们一定会记得我的，毕竟这年头，像我这款既有帅气外表又兼具有趣灵魂的男生是不多见的。"李乐迪用大拇指和食指托住自以为"好看的皮囊"。

"李乐迪，你一定是忘了我——的存在。"崔育涵紧挨着他，下巴扬起，摆出一个自认帅气实则超级欠扁的姿势。

全班女生嘴上骂着他们自恋，可骂完还是忍不住笑了。在这硝烟弥漫的备考季，这些臭屁的男生无疑就像一股暖流，滋润了干涩又紧张的日子。

李乐迪让全班同学都给他写了毕业留言本，和各科老师、全班同学合了影，还壮起胆子跑去校长室向校长大人讨了个寄语，他再三强调自己不是逃兵，只是选择了一条适合自己的路才去国外。没有人笑话他，大家只是羡慕他，人生可以有选择。

"曾思羽，说不定以后我也会给你寄个明信片，抄

几句英文诗什么的，我不用署名，你看邮戳就知道是我了。"临走前，李乐迪跑到曾思羽面前郑重其事地说。

"那我可等着哦，你别食言。"曾思羽笑了。

李乐迪做出"OK"的手势，眨了眨眼，就这样离开了教室，离开了学校，离开了这座城市，去往异国他乡。

每当一张张复习卷、模拟卷把他们虐得鬼哭狼嚎时，他们都会一次次提及李乐迪，对他表示羡慕，不用受这份煎熬。

与此同时，他们更羡慕1班的同学。全班30个人都被名校预录，在别人奋战中考时，他们不光早早地开始上起了高中课程，还同时排练起了毕业典礼的节目。为了不打乱其他班同学的复习节奏，毕业典礼的节目由老师、初一初二的学弟学妹、初三（1）班的全体同学包揽。

"现在对他们来说，排练节目应该是最大的放松了吧。"蓝微琦不无感叹，"唉，我这个文艺委员没想到在最后关头却无用武之地。"

两个月后。

在中考考完最后一门科目的晚上，毕业典礼紧锣密鼓地举行了。

1 班表演的是周杰伦的《牛仔很忙》，尽管周杰伦推出的新歌《说好不哭》被许多人诟病，但那些经典的老歌《青花瓷》《稻香》《双节棍》却以高频率出现在各大文艺晚会上。曾思羽曾跳过《青花瓷》的舞蹈，而这回，是 1 班全员参与边唱边跳《牛仔很忙》。

坦白说，他们的文艺细胞着实欠缺，唱歌全程不在调上，跳舞又是同手同脚，尽管排练了很久，效果还是——

"太辣眼睛了。比艺术节上《我在崇平的 1000 多个日子》还要烂，哈哈哈。"蓝微琦笑得眼泪都出来了，"一直听各科老师夸他们聪明绝顶，一点就通，可是看看他们现在这一副智商欠费的样子，哈哈哈哈。"

曾思羽在舞台上找到了姚远。尽管那些男生一个个看起来都差不多，高高的、瘦瘦的，戴着一副眼镜，木讷、青涩，可她还是一眼就看见了他。他站在队伍的后排中间，动作明显不熟练，不时用眼角瞟着两旁的同学，像个被摆弄的机器人，跳得很生硬。可是他的脸上是带着笑的。他们一个个不管舞姿有多烂，都笑得那么开心、灿烂，那真是从心底溢出来的高兴啊，自带光环，一个个都熠熠发光。

他们的使命从来就不是贡献一个完美的节目。

感谢他们，在这一刻，用自己拙劣的舞姿和歌喉带给大家欢乐。在这一刻，平行班的所有人又找回了自信，原来，1班也有短板。

为了表达这份感谢，1班的节目收获了最热烈的笑声和掌声。

校长致辞、家长代表发言、学生代表发言、优秀毕业生上台领奖、校合唱队奉上压轴表演，毕业典礼就这样在无边的夜色中缓缓落下帷幕。

初中生涯就这样结束了。

有人订了明早的机票，趁成绩出来前赶紧好好玩一趟。

有人离开考场，马上就去补习班报道，为两个月后的高中生涯做准备。

有人打算在假期学习音乐剧表演、去健身、去露营。

而曾思羽，只想好好地、好好地睡一觉。

"曾思羽，假期里约出来玩啊。"走出校门前，蓝微琦抱了抱曾思羽。

盛夏，空气是黏滞的，曾思羽出了一身汗，她捏了捏蓝微琦的圆脸蛋，然后轻轻地推开了她。

从校门口左转，拐了个弯，曾思羽又去了那幢小别墅，铁门紧闭，路灯也坏了，周围一片黑漆漆。

说不定邓伦哪天真的就来这里拍戏了呢，可惜我要离开了，等不到啦。

妈妈说过，生活需要一点儿仪式感。

于是曾思羽伸出手，和那扇铁门轻轻道了个别，然后转身，隐没在夜色中，隐没在散场后赶往地铁的人流中。

待拆盲盒

考试真的能让人脱一层皮，曾思羽在家昏睡了两天，除了吃饭和上厕所，其他时间基本都赖在床上。已经冷落这张床太久了，中考冲刺前，每日挑灯夜战，动作再麻利都要12点才能爬上床。好不容易考完了，只想和床合二为一，无人打搅，睡个天昏地暗。

睡到第三天，总算缓过来点儿了，早上9点，曾思羽醒了，起床上了个厕所，去客厅转了转，看见餐桌上放着一盒肉松芝士蛋糕，碟子里是洗净的葡萄和车厘子，水杯旁立着一罐牛奶和一包每日坚果。这是妈妈出门上班前为曾思羽准备的早餐。考完了，妈妈也总算松了一口气，不用天蒙蒙亮就准备早饭，开车送她上学了，妈妈找回了自己的节奏。

神志足够清醒，体力也已恢复了八成，曾思羽没有再回到床上，而是坐在餐桌旁，给自己倒了杯牛奶，抓了块蛋糕放嘴里。

才吃了两口，电话铃声就急促地响起。

放下蛋糕，去接电话，是罗贝贝："曾思羽，明天下午有没有空，来我家玩好不好？我邀请了好几个女生，蓝微琦也来，学习委员也来，我给你们做发型、化妆好不好？然后用拍立得给你们拍照，一次成像，把照片送给你们，当作是毕业礼物。"

啊？曾思羽的大脑还没开始正常运行，就听罗贝贝在电话那头声音爽利地说："好了，曾思羽，算上你一个，你拿笔记一下我家的地址，西椒路……"

电话机旁边正好有纸和笔，妈妈一向细心，准备周到。曾思羽拿起笔乖乖地把地址记了下来，时间也确认了一遍，明天下午两点准时集合。

罗贝贝不读高中，去了那所以美容美发为特色的学校，这是打算拿她们几个练练手吧？不过，中考考完了，就连一向朴素、好学的学习委员都去了，曾思羽实在也没有理由拒绝，她甚至还有些期待，罗贝贝会把她们几人捣鼓成什么样。

挂了电话，刚想回到餐桌旁，她却又被急促的敲门声引了过去。

从猫眼里看去，门外站着一个邮政工作人员，她这才放心地把门打开。

"是曾思羽吗？你的包裹。"那个年轻的男子把包裹递给她，然后迅速闪人。这是一个讲究效率的时代，送快递的、送外卖的都是来去如风。

是谁寄来的？摸起来像是一本书，曾思羽很好奇，她关上门，把 EMS 的大信封沿着虚线撕开一条缝，映入眼帘的是一本厚厚的书，怀旧色调的封面上印着书名——《寄给与我相同的灵魂》。

曾思羽把书翻开，哦，是那个姚远没有说完的香港男孩和明月的故事——

那个香港男孩叫伍丹农，又名老伍，出生于 20 世纪 50 年代，17 岁求学英国，是空气动力学博士，英国皇家航空学会院士。1973 年与笔友明月结婚，育有两子一女，都由华罗庚起名。与妻子往返于伦敦和塞维利亚居住。

他们的故事开始于很久很久以前，直到现在，仍在继续着。

书里夹了一封信，那字迹对曾思羽来说早已不陌生。

曾思羽：

你好！在校园里很多次想和你打招呼，又怕给你造成困扰，便作罢。

没有说完的故事担心没有机会再说。毕业典礼上看到你，想把书给你。后来想到你说过的加埃东给罗荷写信，为了以示郑重，没有把信塞进她家信箱，而是选择塞进邮筒。我就效仿一回吧。我给这封信挂了号，希望它的命运不会颠沛流离。加埃东的故事我已经买了书，看完了。一封信过了几十年才到罗荷手中，这样的故事但愿只发生在书中。

你会给我写信吗？

你知道我是谁

小偷把皮包卖给哥伦比亚的一位画家，画家打算星期六晚上送给未婚妻。

可是，突然战争爆发了，画家变成了士兵。一颗子弹飞来，击中了士兵的心脏。

后来，过了很久很久，一个非洲男孩在博物馆门前看到了一封信，他捡起来，端详了很久，上面深红色的邮票已经破烂不堪。他决定把它修补好。然后小男孩庄重地把这封信投进了市中心大道上的邮筒。

这天早晨，已经是个老妇人的罗荷，坐在窗户前读到一封信，一封她刚刚收到的信，上面写着：我是如此爱你。正对面窗户里的加埃东。

那真是一封姗姗来迟的信，对罗荷来说，迟到了太久太久，她从一个小姑娘变成了一个老太太。

尽管知道那只是一个故事，可是曾思羽还记得自己当初站在书架前读完时，唏嘘了很久。

此刻，曾思羽站在客厅的玻璃门前，视线穿过阳台，可以看见对面的高楼有着密密麻麻的窗户，窗户里有晾晒的衣物，有随风扬起的窗帘，但没有望向她的男孩。

三天前，最后一门科目考完，在考场外等候的妈妈接曾思羽去了一家新开的泰国菜馆，说吃点儿辣的解解乏。妈妈原本是个无辣不欢的人，但因为爸爸肠胃不好，便降低了吃辣的频率，全家人的聚餐通常选择港式茶餐厅，清淡、营养。爸爸不在场时，妈妈便会找各种理由吃点儿辣的，比如"吃辣祛湿""吃辣暖身""吃辣振奋精神"，等等。

大快朵颐一番后，她们从泰国餐馆出来，日头高照，妈妈撑起遮阳伞，曾思羽躲在伞下。妈妈开始憧憬起曾思羽的未来。

"小羽，未来你会长成一个什么样的女孩呢？你会上什么大学，从事什么工作呢？我和你爸爸常常在散步的时候讨论这些问题。"

"那你们讨论出什么结果了吗？"曾思羽很好奇。

妈妈笑着看她，然后摇了摇头："小羽，你的未来有无限的可能。这就是养一个小孩的妙处啊，就像是抽中了一个需要长期养护的盲盒，还没到拆开的时候，所以永远有期待。"

嘿，你问我，我会给你写信吗？我想，我可能不会

写信给你。

但，我也并不十分确定。

15 岁的夏天，又有什么是我可以十分确定的呢？